U0504901

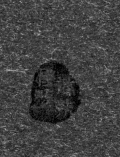

顾　问＼王世华　洪永平

主　编＼潘小平

副主编＼陈　瑞　毛新红

总策划＼金久余

策　划＼潘振球　程景梁

周　艳　著

不识旌德梦成堆

BUSHI JINGDE MENG CHENGDUI

全 国 百 佳 图 书 出 版 单 位

时代出版传媒股份有限公司
安 徽 人 民 出 版 社

图书在版编目（CIP）数据

不识旌德梦成堆 / 周艳著 . — 合肥：安徽人民出版社，
2018.6（乡愁徽州 / 潘小平主编）

ISBN 978-7-212-09959-6

Ⅰ.①不… Ⅱ.①周… Ⅲ.①散文集－中国－当代
Ⅳ.①I267

中国版本图书馆 CIP 数据核字 (2017) 第 303996 号

潘小平　主编

不识旌德梦成堆

周　艳　著

选题策划：胡正义　丁怀超　刘　哲　白　明
出 版 人：徐　敏　　出版统筹：徐佩和　　责任印制：董　亮
责任编辑：李　莉　　装帧设计：宋文岚

出版发行：时代出版传媒股份有限公司 http://www.press-mart.com
　　　　　安徽人民出版社 http://www.ahpeople.com
地　　址：合肥市政务文化新区翡翠路 1118 号出版传媒广场八楼
邮　　编：230071
电　　话：0551-63533258　0551-63533259（传真）
印　　刷：安徽新华印刷股份有限公司

开本：880mm×1230mm　1/32　　印张：8.25　　字数：150 千
版次：2018 年 6 月第 1 版　　2018 年 6 月第 1 次印刷

ISBN　978-7-212-09959-6　　　　　　　定价：39.00 元

乡愁深处是徽州

潘小平

家庭是中国人的宗教，乡愁是中国人的美学。

每一个伟大民族，对世界文学都有着自己独特的贡献：俄罗斯因幅员辽阔，横跨欧亚大陆，为世界文学贡献了巨大的贵族式悲悯和波澜壮阔的美感；法国文学因是摧枯拉朽的法国大革命催生的产物，充满了大革命的激情和憧憬，从而形成了浪漫主义的文学品格；十八世纪至二十一世纪，批判现实主义作为英国小说的优秀传统，一直是主导英国小说创作的主流；而中华民族对于世界文学的独特贡献，则可用"乡愁"二字来概括。"乡愁"更是一种文化、一种传统。

什么是"乡愁"？"乡愁"就是故乡的土、故乡的人、故乡的老屋和老树，是儿时傍晚母亲的呼唤，是海外游子对家乡一粥一饭、一草一木的眷恋，是诗人李白"举头望明月，低头思故乡"的怅然。中华文明绵延数千年，发展出了独特的价值体系和审美体系。李白的"举头望明月，低头思故乡"，崔颢的"日暮乡关何处是，烟波江上使人愁"，王安石的"春风又绿江南岸，明月何时照我还"，李益的"不知何处吹芦管，一夜征人尽望乡"，岑参的"故园东望路漫漫，双袖龙钟泪不干。马上相逢无纸笔，凭君传语报平安"，等等，不仅表达了悠悠不尽的思乡之情和漂泊之感，更表达了一种笼罩于具体思绪之上的对"故乡故土"的思念。因此中国人的"乡愁"，不单是对自己生活过的具体的故乡、故土、故人、故物的不舍，也是对整个中国历史、整个文化传统的感念，是浓缩了的"故国时空"，是审美化的民族情感。它不仅是地理的，还是历史的；既是个人的，也是民族的；既是情感的，也是审美的；既是具体的思念和愁绪，也是一种无形的氛围或气息，氤氲缭绕，久久不散。它可以是屈原时代的汨罗江、抗战时期的嘉陵江，也可以是苏东坡的长江；可以是杜甫的江南、李白的江南，也可以是郁达夫的江南。这就是所谓的"文化乡愁"，代表了中国人的一种历史归宿感和文化归属感。

表达和抒发"文化乡愁"，是我们组织编撰这套丛书的初衷，也是它的精神指向和情感指向。

相对于今天的人们来说，徽州是一个古老的地理概念，它包括绩溪、歙县、休宁、黟县、祁门和今天已经划归江西的婺源，以及在一定历史时期同属于徽州民俗单元的旌德和太平。进入皖南山地之后，峰峦如波涛般涌来，能够感到纯粹意义的地理给人带来的震撼。从地理环境上看，徽州自古以来就是一个独立的单元。早在南宋淳熙《新安志》的时代，徽州就有"山限壤隔，民不染他俗"的说法。所谓"山限壤隔",是说徽州的"一府六邑"处于万山环绕之中,是一个具有相对独立性的地域社会;所谓"民不染他俗",是指在一个相对封闭的地理环境中,徽州逐渐形成自己独特的风俗和民情,成为一个独立的民俗单元。从唐代大历四年(769年)开始,到明清之际,徽州的辖区面积一直都比较固定。据道光《徽州府志》卷一《舆地志》记载,清代徽州府东西长三百九十里,南北长二百二十里,如果采用现代计量单位,总面积为12548平方千米。

山高水激,是徽州山水的特点,因此进入徽州,桥梁会不断地呈现。那都是一些老桥,坐落在徽州的风景中,画一般静默。不知为什么,徽州的老桥,总给人一种地老天荒的美感。常常是车子在行驶之中,路两边的风景一掠而过。蓝天、白云,树木、瓦舍,在山区的阳光下,水洗一般的清澈。突然,一座桥梁出现了,先是远远的,彩虹一样地悬挂,等到近一些了,才能看清它那苍老而优美的跨越。这时会有一些并不宽阔的溪流,在车窗外潺潺流淌,远处有农人在歇息、牛在吃草。

不知道那是一条什么河,也不知道它最终流向哪里去,在徽州,这样叫不上名字的河流溪水遍地流淌,数不胜数。"深潭与浅滩,万转出新安",所以人在徽州,最能感到山水萦绕的美好。在徽州的低山丘陵间,新安江谷地由东向西绵延伸展,它包括歙县、休宁和绩溪的各一部分,面积超过一百平方千米。这就是我们平常所说的休屯盆地,在徽州,它甚至可以称得上是一望平畴了。这里土层深厚，阡陌纵横，鸡犬相闻，缭绕着久久不散的炊烟。迁入徽州的许多大家望族，都居住在这一带，一村一姓，世代相延。有时翻过一道山岭，或是进入一条溪谷，会突然发现其间烟火万家，那便是新安大姓聚族而居的村落了。在徽州，聚族而居是一种普遍的风俗。因此徽州的村落大多屋宇错落，街贯巷连，醒目的粉墙黛瓦，富有鲜明的皖南民居特色。徽州的街巷，也多是青石铺成，路两边的沟渠里，长年流水淙淙。徽州老屋，是中国大地最具辨识度的建筑，"有堂皆设井，无宅不雕花"，是对徽州民居的最准确的形容。"堂"指阶前，"井"指天井，徽州建筑所谓的"四水归堂"，是指将住宅屋面的雨水集于天井之中。徽州民居的各个部分，主要是门楼、门罩、梁架、窗棂、栏杆等处，都饰以各类雕刻，"徽州三雕"艺术，就集中体现在这些地方。

在徽州的村落里，耸然高出民居的最雄伟宏丽的建筑，是祠堂。祠堂是全宗族或是宗族的某一部分成员共同拥有的建筑，具有重要的社会意义。名宗右族，往往建有几座甚至几十座祠堂，祠堂连云，远近相望，是徽州一个重要而独特的现象。而牌坊是与民居、祠堂并存的古建筑，共同构成徽州独具一格的人文景观。"七山一水一分田，一分道路加庄园"的自然环境，造成了徽州人深刻的危机意识，为了生存，人们蜂拥而出，求食于四方。徽谚所谓"前世不修，生在徽州，十三四岁，往外一丢"，由此形成了一支强大的商业力量，史称徽商。徽商的经营范围，以盐、典、茶、木为主，而徽商中的巨商大贾，大多是盐商。明代万历年间，徽商逐渐取得了盐业专卖的世袭特权，他们大都宅居于长江、运河交汇处的扬州一带。明清之际，江浙共有大盐商三十五名，其中二十八名是徽商。几百年来，徽商的足迹无所不至，遍及天涯海角，在东南社会变迁中扮演着重要的角色，以至于在江南一带，有"无徽不成镇"的说法。

今天看来，徽商重大的历史贡献，在于它以雄厚的财力物力，滋育出了灿烂的徽州文化。从广义的文化范畴来看，徽州地区在徽商鼎盛的那一历史阶段，一切文化领域里的成就，都达到了当时我国、有些甚至是当时世界的先进水平。比如徽州教育、徽州刻书、徽派朴学、新安理学、徽派建筑、徽州园林、新安画派、徽派篆刻、新安医学、徽派版画、徽州三雕、徽州水口等。而这一时期，徽州的自然科学、数学、谱牒学、方志学，也都有了很大的发展，并且富有特色。徽剧和徽州菜系的诞育与形成，更是与徽商奢侈的生活方式有关，所以梁启超才在他的《清代学术概论》中，把以徽商为主体的两淮盐商对乾嘉时期学术的贡献，与南欧巨室豪贾对欧洲文艺复兴的贡献相提并论。清末民初，安徽涌现出那么多的思想家和精神领袖，是明清两代经济文化积累的结果，流风所至，一直影响到"五四"前后。

而今天，这一切还存在于大地，在新安江沿岸，至今还留有一些水埠头，比如渔亭、溪口和临溪，比如五城、渔梁和深渡……而古老的新安江也一如既往，日夜奔流，两岸的老街、老屋、老

桥，祠堂、牌坊、书院，在太阳下静静站立，被时光淬过的木雕、石雕和砖雕，发出金属般久远的光芒。而绵长如岁月一般的思绪，在作家们的笔下缭绕，给你带来人生的暖意和无边的惆怅。

　　徽州还好吗？老屋还在吗？曾经的徽杭古驿道，还有行旅吗？

　　乡愁深处是徽州，徽州深处是故乡。

2017 年 12 月 1 日
于匡南

目录

序言：回到回不去的地方

那时候我们还是孩子。

十三四岁的年龄，正等待着开放，莲、铃和我，我们是同学。冬天，我们课间在操场上奔跑，伸出舌头接住飘下来的雪花，微弱迅疾的凉意让我们笑出声来；夏天，我们静静地坐在河边，脚伸进清凉的水里拨弄着水草，一起聊天，聊老师、聊同学、聊未来……那时觉得未来是用来向往、描绘和负责安放管他切不切合实际的梦想的地方，可是就那么一晃，未来就变成了现在，而且显然没有当初期待得那样美好，似乎没有带来期盼的，却丢掉了原有的。

就像风中的蒲公英，岁月把我们吹落到了天涯，铃最远，扎根在北欧。

※ 思乡的音符——旌德灵芝

我和莲每年终归能见几次面，但和铃，却一别数年。我们决定去看铃。旅途的奔波、见面的激动自不必言。铃精心准备了BBQ为我们接风，她的爱人汤先生是位英俊和蔼的英国工程师，耐心又礼貌，等待烧烤时，带着我们玩他童年的"木棍游戏"，与我们小时候"打纸片"有异曲同工之处。就着夕阳和花香，我们开始吃，开始聊，聊家乡、聊童年。说起一位叫南希·波琳的美国女士到徽州旅行，被粉墙黛瓦的古村落所打动，把古徽州休宁黄村的徽州老建筑——荫余堂搬到美国的故事。铃说，我也想搬个老宅子来，我想把家扛

※ 在北欧的斯堪森露天博物馆，图为我和莲

在肩上到处跑！"把家扛在肩上到处跑"——这想法和江冬秀一样啊！她随胡适到美国，把徽州"一品锅"和"国粹"麻将也带了去。旅居异国的友人隔三差五便来搓个麻、温壶酒，在熟悉的乡音中寻找家的感觉。据说吕碧城出国时打包了一箱旗袍，但看她留存的相片，又多是穿洋装，想必那一件件旗袍并不是衣物，而是一个个往日在家乡的自己，

夜深人静之时，拿来安慰与倾诉的吧！

酒兴之后，我们当然要唱歌，一首接着一首，用中文，后来索性用家乡话。当我们唱一首关于妈妈的歌时，汤先生的眼神满是深情。莫非汤先生能听懂方言？他摇摇头："我听不懂，但我知道你们唱的是母亲，因为全世界的语言里，'妈妈'这个词的发音都相同……"

那几天我们多快乐啊！去教堂听管风琴，去国王公园喂野鸭，坐在斯德哥尔摩大学的走廊里回忆往昔时光——这是件多么令人困惑的事！站在过去憧憬未来，觉得遥遥无期；可是站在未来聊过去，怎么似乎只是昨天？可是，明明是同样的路程啊！

当我知道这套丛书主题是"乡愁"时，就像自己无意间打开了一个仓库的大门，滚圈、橡皮筋、旧书包、玻璃球、破损的奖状、一只角被咬秃的红领巾、没有封面的小人书……熟悉的物品猛然出现在眼前，那么令人猝不及防，我来不及准备一种心情迎接它们，只好沉默。

那些旧时光，这么多年，我几乎没再想起，我以为他们早已离开了我的生活，谁知却一直蛰伏在记忆的褶皱槽中，伺机现身，而且，只要他们一出现，就立刻揪住我的心，轻而易举。

可是我知道，记忆仓库里的物品，看得见摸不着，穿越时光隧道来到我眼前的，只是虚幻的影像。

乡愁是什么？童年？小伙伴？夕阳下屋顶的炊烟？纸条上写着

※ 在西格吐纳，铃为我们拍的合影

的秘密？冷不丁响在耳畔的童谣？或者是那个曾经想离开、现在想回去的地方？如果这是一道题，那么，没有答案，又有很多答案。

我深爱着养育我的这片土地，不管她是贫穷还是富有，现代还是蒙昧，摩登还是传统，不管，只顾单纯地爱着她，只知道那是我的家。我熟悉她的一切，熟悉她每天早晨的打开方式，熟悉每条街巷的气味，熟悉她过年时兴高采烈的样子，熟悉她在一年四季用什么色彩装扮自己。每次远离家乡，都那么渴盼着回家。渴盼什么呢？满山野果子？街角奶奶做的大饼？有天井的老屋，废弃的戏台子，老家的那个房子，还是房子里的人？如果这也是一道题，那一定是多选题，而且，答案是全部。

走在无数次踩踏的古桥上，看流淌了几千年的徽水河，同样的河流，流着的却不是昨天的河水。桥还在，戏台还在，教室还在，晒稻场还在，甚至旧书包还在，但那些歌声、笑声、呼唤、打闹、童年的游戏、闪亮的眼睛呢？真的走了吗？那他们去哪里了？一切总是有来处和去处的，是吧？既然有去处总能找到的，是吧？哦！我明白了，他们确实还在，在我身边、耳畔，只不过我看不见、听不到罢了！是了是了，有形的物质以有形的方式存在，无形的则无形地存在着，我只想用眼、用手这些有形的工具去试探，太浅薄了！

原来我心心念念牵挂的，有看得见听得到的，也有看不见听不到的，比如老屋，比如乡音，比如田野的花和泥土，比如那种感觉，让我思念到抓心的那种感觉。

回国飞机上，看朝阳慢慢升起，新的一天开始了，离铃生活的土地越来越远，我不敢想象，铃是否会因我们的到来又离去而更加思念故乡？"她出国留学就一直在国外，那么多年，应该已经习惯了。"莲安慰我，也在安慰她自己。"是的，这里有她的丈夫，她的家。"

走出机场，踏上熟悉的土地，打开微信，发现铃在朋友圈写了一首诗——《山路》：

以为我只是

只是暂时地走开，

去赶赴那处灯火阑珊的约会。

喧嚣过后，

我就会回到你的身边，

与萤火虫一起和你嬉戏。

以为我只是

只是暂时地走开，

去追逐那八千里路的云和月。

※ 旌城晨曦

路的尽头，

我就会回到你的身边，

与天上云月一起将你陪伴。

亲爱的！

如今我站在那处最高的岩石上，

对着你的方向呼喊，

你听见了吗？

我知道此时，

在你的身边，

山花正艳，

溪水潺涓。

那棵歪脖树上，

鸟儿唧唧啾啾正回巢。

我以为我会，

我会回到你的身边，

带着空空的行囊，

和对远方满满的回忆。

回到你那，

永远向我伸出的臂膀。

如今，

你是我思念的远方，

远方是我沉重的行囊。

我站在这处岩石上，

向你呼唤、张望。

——我的泪流了下来……

清晨在舌尖绽放

旌德的清晨在早点的腾腾热气中欣欣然张开了眼。

清脆的车铃声、环卫工人的扫帚声、上学孩子的笑声、鸟鸣声和谐地演奏着晨曲。路旁早点店展示着缤纷的作品热情地招呼着来往行人。你不知道它们几点开始营业，无论起得多早，早点们都在那儿，微笑地等着你。

每次都要在氤氲白气中徘徊许久，希望用最美味的食物填满有限的胃。但是，这是一个艰难的选择，虽然任何选择都不会让人失望。

多么美妙的开端，从味蕾开始，新的一天在舌尖次第开放。油条、糍粑、狮子头、春卷，黄灿灿的，看着就酥香四溢；蒸饺、包子、烧卖、粉蒸肉，各有各的好吃；鸭血粉丝煲、水饺、汤圆，雪天来上一碗，没吃完鼻尖就沁出汗珠；还有各类盖浇面……恨不得长十个胃才好！

如果是我外公，他准会用油条泡豆浆，油条炸老点，一出锅就拿两根指头捏着一端，另一端插进热豆浆里……"嗞"的一声，如同英雄遇上美女，任百炼钢也成为绕指柔，瞅着乳白的豆浆上一粒粒开出金黄的油花……我不是油条，无法感受浸泡在醇香豆浆里的甜蜜，但就凭着只有油条才能和豆浆如此生动结合这一点，猜测油条是自豪的——不能泡久，在油条还没有软化前立即放入口中……有一丝儿脆，有一丝儿软，有一丝儿甜……外公很享受地眯上眼。

我倒是喜欢油炸端子，南瓜刨成细丝，加面粉加水和稀，倒入一个椭圆平底勺子中，放油锅里炸，外香里嫩。

油炸系列的还有糍粑、春卷、糯米锅巴……糯米锅巴须前一天就做好糯米饭，小火让锅底结出锅巴来。上面的饭在案板上压结实了，切成小方块，油炸一下成糍粑。下面的锅巴得焙干，再炸，香酥可口，用排骨汤泡上，就是奢侈的汤泡锅巴。

我妈是包子的粉丝，她熟悉各家包子的味道，新开的也去体验一下。"菜市场后门口那家最好吃。"她说，"就是太油了！"我妈爱吃的是大肉包。我弟也爱吃，他爱吃小笼包，肉馅冻上，包在薄皮中，蒸熟后馅溶化出汤汁，咬的时候可得小心，保不齐喷一脸！有经验的从上面咬个小口，"嗞"地将汤汁吸出来，再整个放入嘴里，让美味在舌尖绽放。那时候，吃小笼包近似于过年。有次，我爸狠狠心尽我弟吃，傻小子吃了两笼，撑得一句话也说不出来。

　　其实小时候极少买早点，如果馋了，我爸就给我们做。我爸有高超的面点手艺，他头天将面和上发酵，第二天很辛苦地起大早，剁馅，做包子，等我们起床，包子已出笼了！我爸做的包子肯下本钱，精肉、葱花，加蒜姜末，面软馅大，包子握在手中，能捏到里面的肉馅，像捏着女孩的胳膊一样，手感就特别好！有时候他也做馒头或花卷。花卷是咸的，如果用油炸一下就成了狮子头。我们家蒸笼不大，一次数个，我妈要用很多时间一笼笼蒸。我爸还有个小磨子，也很小，是给我们磨豆浆用的。那就更辛苦了！头天抓一把黄豆泡上，磨碎、过渣——豆渣是中午的一碗菜，我妈会用辣椒粉，加点韭菜叶子炒得香喷喷的。磨好的浆须煮沸后才能喝，煮的时候得盯着，一沸立刻就溢出来！磨子小，要磨很久，

※ 磨豆浆

常常见到我爸左右手不停换，胳膊又累又酸。那个磨子，磨几次槽就平了，总见我爸戴着眼镜在院子里凿凹槽。我爸的手艺让我们在早餐时间跻身于贵族。

贵族生活并不是常态。有几年家里是比较拮据的，老人们多病，爸妈的侄子们需要求学，日子开始精打细算起来。在我好几年的学生生涯中，关于早餐的记忆只有泡饭、馒头和咸菜。泡饭是用头天晚上的剩饭加水做成，几乎是早餐桌上不变的主题；馒头购于附近一家职工食堂，因为出笼时间太久及碱放太多的缘故，永远是又硬又凉并且黄褐色；而咸菜，一年四季都吃不完，连同我妈的唠叨成了每天早晨一道永恒的风景线。于是，校门口琳琅满目的早点极具魅力地诱惑着我。

但我是个懂事的孩子，毫无怨言地在每天同一时刻将我的胃用同一内容的食物填满。我刚满十岁的弟弟也是这样。不过，心里面，我们多么渴望哪怕只有一天的早晨，我们的眼前不再重复相同的篇章。

而这一天终于来了。直到现在我还记得那个没有泡饭的日子。那是个下着大雪的清晨，妈妈有事急着出门，只好拿出一元钱让我们自己买早点。那会子我读高一，弟弟初一，我们在同一所学校。接钱的时候我和弟弟相视一笑，好不容易将兴奋之情压得含蓄些。

我们商量第一节早读课后再去选购，那节课后休息十五分钟。整个早上我不知道究竟读了些什么，一会儿背政治，一会儿读英语，一会儿念古文……一个高中生在一个可自由支配的早餐前激动得手足无措。下课铃终于响了，几乎是同时，我看见弟弟小平头的上半部分出现在靠走廊的窗前，我捏捏口袋迅速跑了出去。

还记得那时候，馒头一毛五，包子两毛，大饼五毛。我必须隆重介绍一下旌德大饼，这是每个旌德游子的相思。县城大街小巷做大饼的有几十家，区别在于口碑好坏和做饼者是阿姨还是奶奶。一般情况下，奶奶级别做得要更好吃。各种馅分别剁好，韭菜、豇豆、豆

※ 大饼

腐干、笋衣、雪里蕻、瘦肉丁……摆一排，还有本地"朝天椒"切小丁，爱辣的人就抓上一把放馅中。季节不同，大饼馅也不同：冬天雪菜肉丁，春季香椿芽，夏天豇豆韭菜……平底锅下烧着柴火，奶奶把揉好的面捏成一个个小剂子，擀成薄皮，根据顾客需要各种馅放进去，放得很多，满满地溢出来。奶奶一边捏褶子一边把馅往里塞，塞得鼓囊囊的，再用面杖擀平整，放进平底铁锅，倒油——一定要用本地菜籽油，炕出来的大饼黄澄澄的才好看！本地人称做大饼为"炕"，

※外婆的灶台

实在形象：一点是大饼，一横是平底锅，"几"是架空的柴。柴的木香通过锅传递给饼，香得妙不可言。也有人用蜂窝煤炕，味道就差多了！柴燃小火，油慢慢渗入饼中，烤得两边焦黄、酥脆。讲究的，炕至一半时，饼上开个小口，倒入打散的鸡蛋，再"炕"会儿，一咬嘎巴脆，满嘴饼香，馅与馅之间层次分明，却又不散。做大饼的奶奶极具个性，除了问你要什么馅和放不放辣，便不再开口，你再说任何建议她都不会理你，按着她的思路做你的大饼。你若话说多了，她会呛你一句，吓得你再不敢张嘴。所以，虽然不是统一制作，但每个奶奶的产品基本能保持一致。

旌德大饼历史悠久，在立县的时候就有了，几乎伴着每个旌德人长大。馅多，滋味足，味道丰富。

一咬油汁顺着手指手腕直往下滴的大饼，让少年时的我和弟弟垂涎不已。但在那个下雪的早晨，一人一个肯定不能解决温饱，搭配别的钱又不够。

※ 做早点的男人

在热气腾腾的招呼声中徘徊了几圈，我发现弟弟的眼睛始终盯在香酥酥的大饼上。犹豫了一下，我照着一元钱的比例，给他买了一个，再给自己买了个包子，然后每人又买了个馒头。弟弟坚决不肯独享，非让我先咬一口，推辞不过，我咬了一小口，又拿到弟弟嘴边，他也咬了一小口。于是，你一口我一口，姐弟俩将一个冬天的早晨演绎得暖烘烘的。我们都咬边皮儿，中间肉馅集中的"地区"两人均小心避过，最后只剩下中间一小块了。弟弟急了："姐，你吃。"我当然不答应，推给他。这样推来推去，一不小心，馅儿竟掉到了雪地上，弟弟呆呆地望着，眼圈跟着就红了。我搂过他的肩，欢快地说："咱们今天吃到了最好的早餐！"这么多年过去了，仍常常想起那校门口共吃一张大饼的姐弟。

　　如今，在外工作的弟弟回家，接风的那顿晚餐依旧是白米粥和旌德大饼。而每年春节离家，大饼摊前满是人，大家都要做上一批带走，让家乡的味道延伸得更久一些、更远一些。我在国外的闺蜜想家了，便做几张大饼拍了发来。我不敢问她，咬出的是家乡的味道吗？

※香不香

　　除了大饼，旌德的面条也出名，考究的属手擀面。和面时放点盐和鸡蛋，筋道。拿大擀面杖擀薄，来回折，一边折一边撒面粉防止黏上，再切成细丝。煮面的汤就不一般了。各类骨头使劲熬，熬出奶白色拿来煮面，煮好后根据需要放浇头。嚯！浇头内容那叫一个多！大排、卤牛肉、肚肠、炸酱、各类小炒……按自己需要各盛点，再来几片腌辣椒、腌姜片，红艳艳的、黄澄澄的擱面条上，撒点葱花，放几粒猪油渣……流口水了吧？我只能说家乡是个物产丰富的地方，早点都能如此多彩！

　　传统节日前后，早点内容略有些变化，除了这些常态的，加了应季小吃。端午节肯定是粽子，到腊月时白粥变成腊八粥，清明节自然是清明粿啦！清明粿用糯米粉制作，馅有甜有咸，甜的是豆沙、芝麻，咸的是马兰头、野笋，根据馅的内容，将清明粿做成不同形状区别开来。对了！那种绿绿的还有一个奶声奶气的名字——艾叶粑粑。

一说到艾叶粑粑必定会勾起一些人的相思。唉！

粑粑实际上是用香蒿叶做的，因为香蒿叶子很像辟邪的艾叶，所以也叫艾蒿，艾蒿草小，气味比艾叶清淡很多。

做艾叶粑粑很麻烦。艾叶洗净，清水浸泡一整天，去除苦味，只留下它的香甜；泡好后在热水里略焯，捞出浸泡在凉水里，继续泡一小时；再挤去水分，切成碎末；然后将糯米粉、艾叶碎放在大碗里，加水，揉啊揉……让它们充分地结合在一起，也可以用艾叶汁和粉，白白的粉变成好看的绿，如同此刻的季节般让人欣喜。绿了的糯米粉忠贞地保持着这个颜色，无论蒸过几次，依旧鲜艳艳的。之后的程序

※ 点痣

与做包子类似，揪剂子，装馅，蒸。蒸的时候铺上玉米叶或箬叶，防止粘屉子。

我尽量用冷静的笔调写艾叶粑粑，其实它和粽子、月饼是同一类的，很容易惹人眼泪，何况还有那种若有若无的清香。这种香味很要命，咬一口，香味浮于面前，仔细嗅，却又捕捉不到，就像是思乡的愁绪，挥之不去，却又不知藏身何处。早点是奇怪的东西，能吃出各种情感，有的是酸涩，有的是愉快，有的是怀念。

我舅妈做艾叶粑粑时，总是满满一匾子，各家分，然后坐在匾子旁叹口气："三子最爱吃了！唉！那么远……"

有次在北京吃早点，满街煎饼果子、小米粥中，竟然发现了一家蒸饺。点一笼细揪，饱满弯月形，洁白，褶子均匀，咬一口，皮薄馅大，肉、豆腐、淡淡葱花香，汤汁微微淌出。大米粥熬得刚好，米粒个个开花，化茸茸的。我连忙问："大姐安徽人吗？""是啊！徽州。"她熟练地捏着褶子，"你怎么知道？"

我怎么知道？因为那个饺子里，我吃出了妈妈的味道。

谁把乡情撒得满野满山

正是野笋遍地的季节。从我妈晶亮的眼神就可以猜到，她是个狂热的野菜爱好者，我也是。

每天中午搁下饭碗，我妈就提着袋子上山，笋子在野菜中以数量取胜，块头又大，"嗖嗖"两手随便抽抽就是一袋，很容易滋生

※ 竹笋

成就感，所以我妈满载而归时总是豪情万丈。晚饭后便开始剥啊、煮啊、烘啊，制作咸笋或笋干，这是为了让笋子永远定格在花季。笋子不像女孩子可以用拍照来留住岁月，但笋子有笋子的办法。我练就了一手剥笋好技艺，两下可以除掉皮，不过，偶尔故意一层层脱，看它到底穿了几层。这时候我会觉得自己很不高尚，像个坏心思的男人。初夏是一个笋子最好的年纪，每一根都青春逼人，剥掉青皮的笋子娇嫩白皙，水灵灵的，单用水煮都鲜香甘甜。

我一闺蜜在外地工作，那次回老家正好是野笋时节，搁下行李便打我电话约拔笋子。然后，多年没见的我们在一山脚接上头，二

※ 择野菜

话没说上山开拔。因为匆忙忘带袋子，我脱下外套装，不够又解下皮带捆，两小时后，双手被荆棘划满口子的我们扛着笋子，满载而归。

谁说"最"字只能给唯一的一个？荠菜啊、马兰头啊、野芹菜啊，都是我的最爱。初恋时男友说，今后你和我妈一定处得好，因为你们都爱挖野菜。果然是，生完孩子后我回乡下工作，孩子奶奶也跟着一起去，每到黄昏，我们把孩子放在推车里，让他在田野晒太阳，我们俩一边挑野菜一边聊天，遇到特别大的赶紧招呼对方来看，惹一声惊呼，若是看到扎堆野菜，更是大喜！后来我调离了，每经过那片田野，老人仍忍不住张望，和孩子回忆过去挑野菜的情形。直到现在，在她心中，那段日子还是她最快乐的时光。我是多年以后才知道她如此留恋那短暂岁月，如果早先知道，要求晚些去城里，在乡下多待一阵子，多收获些快乐，多好啊！往往使劲追求的，在生命中并非那么重要，而身边简单的快乐，却常被忽略了，被轻易抛弃了，比如一家人在一起，比如看到一片野菜。

我的妈妈对蕨菜情有独钟。曾经有段岁月食物特别少，他们靠吃蕨根粉才没饿倒，所有经历过的人对蕨菜都心存感激。在山火烧过的土地上，蕨菜长得更为茂盛。这个菜很有意思，独树一帜，和别的菜都不一样。我是说菜总有类似的，比如菠菜啊、苋菜啊、茼蒿啊，看起来总有相像之处，但蕨菜不，从颜色到形状完全按自

※野蕨菜

己的思路生长，丝毫不听从别人的安排。不过它却有个孪生兄弟，太像了，我常常弄错，妈妈不得不仔细从我采回家的蕨菜堆里挑出来——它叫"老虎爪"，两者的名字倒不搭。后来我爸突发奇想——他总是突发奇想，我爸说怎么就不能吃呢？试试！然后就吃了，那叫一个苦啊！浪费了油盐，我妈心疼极了。聪明的老爹再接再厉，将老虎爪焯过水再炒，不太苦了，味道还挺不错。

徽州真是个富饶的地方，老家的野地里似乎一年四季都提供免费食品。我对野果的热爱更甚于野菜。

长大后才知道覆盆子就是我爱极了的梦梦子，这个学名没让我失望。梦梦子有多种，灌木上长着奶油梦梦子，个头小，入口即化，颜色粉些；那种鲜红色的长在地上或田埂，草本的，开白花，未成熟时青色，慢慢变红，中间空心，汁多又甜，采一枚入口，最先闻到春天般的清香，然后，酸、甜、鲜，层层在味蕾绽开，丰富而美好。我就不明白了，上天怎么能造出这么美味的野果？还有一种我们叫蛇梦梦子，实心，颜色更红，硬些，据说是蛇爬过，吃了会肚疼。不知是否属实，没人验证。

当我有了弟弟时家长的注意力就常常越过我，这让我很庆幸。对一个孩子来说，被家长注意并不见得是件好事。小时候我从来不午睡，我弟弟却不被允许，他总是被强行带上床，可怜地缩在我妈身边，只能不停地动来动去来表达他的愤怒。而我，早就满山满野撒欢去了！

我深知梦梦子分布的每个地方，就像了解掌纹一样了解它们，我放过那些没熟到点的，那是我几天后的美食。果子被太阳晒出多种异香，热热的口感更好，直接放入口中。噢！肯定不用清洗，洗野果是多么让人诧异的行为！当然我惦记着可怜的弟弟，我对他可好了！我扯下一根长的鲁班草，就是边上布满齿的茅草，据说鲁班被这种草划破手从而灵光一闪发明了锯子。我手上、腿上不知道被划破过多少次也从来没有闪过灵光。唉！我把草两边撕下，只留着中间长长的茎，然后挑大的梦梦子一个个穿在茎上拿回家。弟弟揉着睡意蒙眬的眼，看着红红的一串立马清醒了，笑嘻嘻地接过去。

梦梦子太好吃了，因为味美而自恃清高，一定要刚采下来就入口，若是放置，一会儿就变味。这点比不上山楂，野山楂一个个硬硬爽爽的，红就是红，绿就是绿，绝不拖泥带水。虽然女孩子喜欢挑一把红红的山楂，拿线串了，挂在脖子上，但就山楂的性格和长相，绝对是条汉子！味道也是，或者酸或者甜，哪怕是涩，也涩得个性鲜明。山楂大部分是涩的，果实粗糙，偶尔遇到个质软的，我们就管它叫"糯米楂子"，是楂中精品。

我舅舅徒弟多，收工回来他们就去山头地里浇浇菜啊什么的，顺便采些山楂带回来，还帮我细心地穿成串，珊瑚珠似的，你说我

※挑马兰头

※ 野水芹菜

能不喜欢那些徒弟叔叔吗？

也有人穿了拿街上卖，佛珠一样。有次见个老婆婆，提着篮子，篮子上挂满了一串串红山楂，婆婆满头白发，微笑着坐在小凳上，阳光从背后照着，可美了！

春天最早到的田野零食是酸棘杆和刺苔。酸棘杆白中透红，如少女的肌肤，杆粗而酸，不是一般的酸，单想一下就让人流口水，一年四季都有。然后是刺苔上市，刺苔是一种带刺的灌木状植物，枝条缀满鱼钩似的刺，很扎手。清明前后，刺苔的老杆上长出嫩绿，生长速度很快，仿佛能看出它在拔高。新茎老杆都是绿，但真不一样，新绿透亮明艳，水灵灵嫩泱泱，植物的身上你也能看见生命的交替。

※ 奶油梦梦子

※ 桑椹

虽然老杆用密刺围护着新茎，但这点卫护敌不过我们的馋嘴。一双双小手，总会想方设法掀开老藤密刺，钻进去，拗折一根根美味。

战果通常很丰盛，当然牺牲也不小，手背上胳膊上，被割划出一道道血痕，或者手指扎进了刺。没关系！扎进了刺，挑出来就行；割破了手，扯几张马兰叶子，吐口唾沫，把叶揉软绵了，往创口上一贴，便可兴高采烈地分享战果，全然没有受伤的苦痛。刺苔新茎上也有刺，不过，此时的刺还很嫩，没有攻击性。吃刺苔时，把根部拗掉，通常嫩茎根部也有些老，一吃全是渣。大自然的富有让我们有实力浪费。折掉老根之后，茎断处，透着青灵灵的鲜亮欲滴来，真是馋人得很——但是，得忍住。顺着断茎处，把刺苔茎外皮撕开，往下一扯，连皮带刺带叶一起被扯下一条。刺苔这点很好，剥皮容易。被撕剥得干干净净的刺苔只剩下一根光脱脱的茎秆，就像通心粉一样。

拎着梢头，仰起脸，张大嘴，把刺苔一点点放进嘴里，进一段嚼一段，进一段嚼一段，茎干赤嫩，汁液丰沛，甜滋滋的……清甜满嘴，连人也滋润了起来……

刺苔扎人，所以，通常男孩采摘得多，但绝不独享，一定会分给女孩子们。在我们年少时，男孩女孩互相纯洁地关爱着。

这让我想起了一个少年，我们是同桌，中午不上课就顶着艳阳结伴摘梦梦子。他总是把最大最红的放进我的嘴里，他的门牙有个缺，我会挑个大的塞到那个牙缺里，他含着和我相视而笑。有时候我们去学校后面的西山上摘毛栗。毛栗比板栗个头小得多，形状却相同，也裹着满是刺的外衣。他不怕，连枝掰下，放在地上用脚底踩着揉揉，刺就磨光了。未成熟的皮青白，嫩嫩的，淡淡甜；成熟了的皮褐色，

※ 板栗

香甜。成熟的毛栗带刺的外衣会主动裂开，一颗颗果实滚到地上，捡捡就是。我们经常装一兜回校，走在山路上，一边聊天一边吃。

我对野果的记忆总是和这个少年联系在一起。有次，他急急地一路小跑找到我，拿出个猕猴桃，小心撕掉皮放进我嘴里。那是冬天，多么稀罕之物啊！我抿着唇，舌头感受着甜甜的汁，脆脆的小颗粒……美好的感觉从口腔向下向上扩散，全身甜蜜。"好吃吗？"他热切地看着我，眼里闪着光。我点点头，他快乐地笑了！真的好吃！后来少年长大了，走出了我的世界，却一直没有走出我的生命。我多希望生命停止在少女时代，之后的一切只是一场梦，睁开眼，满目野果，那个龅牙少年捧着满满的一把，微笑着等我醒来，而我，会告诉他："我刚才做了一个可怕的梦，梦见我们长大了！我把你弄丢了！"他一定会塞一枚果子到我嘴里，阻止我继续说的话。

原以为我会永远吃到醉人的野果，但花开花落，漫山野果早已不是曾经的那一颗，谁还会揣着猕猴桃到处寻找我？我还

※春天

能将最大的果子塞到谁的嘴里？真的，我怕极了写文章，那是在撕扯内心，剥露出回忆，很痛又很让人迷恋，不是迷恋痛苦，而是迷恋酿造痛苦的曾经的幸福。幸福是让人上瘾的残忍东西，只要尝过，永远无法从记忆中抹去。

野的葡萄、野的柿子，乌米饭染得满嘴乌黑，拐枣一股发酵的味道，八月瓜那么多籽，蜜罐子肚里长满毛，毛针娘娘好绵软，蜜蜂花真像蜂蜜，灯笼果吃之前一定要拿着拍下额头，听见啪一炸就开心笑……

每个野果都是个深埋在心底的故事，咬一口，故事就浮出来，和着泪和笑，可是，我能和远方的你说野果的故事吗？我不能，那是你隐匿的柔软，只会在夜深之时独自轻抚。而坚强的你，是否在繁华背后极目远眺，看远处，故土的方向，那片被打翻的乡情，撒得满野满山。

母亲在，家就在

腊八一过，我妈就开始忙碌起来。

实际上，这种忙早就开始了，从正月走到腊月，她一路收集着可以在春节使用的各种材料，当然主要是食材。

在我们徽州，春节总是和吃有关。

腊月的第一件大事是杀年猪。农村的母亲异常勤劳，田地农活、家务事件件不落下。每年还至少养头猪，猪必须是黑毛的。地里种了红薯，野外打点猪草，加点米糠什么的，全家的荤油、腊肉、香肠、孩子开学的学费就都有了。"张秃子师傅明天来吧？"杀年猪的前夜，母亲总要从父亲那里确认一下，得到肯定的答复后，母亲着手开始准备：香烟要有一包的，师傅爱抽烟；大匾洗净晾干，大缸、小罐准备好；厨房里的大柴再备些；长板凳、杆秤、箢箕箕……

一早起，大铁锅里烧上水，猪儿照往常一样喂饱。"叮叮咚

咚……"杀猪师傅来了，板车上大木桶、铁钩子、一堆刀。茶泡上，糖水荷包蛋端上，香烟敬上。门口的长条石凳上，呼哧呼哧地磨着各种刀。师傅戴上皮围裙，准备捉猪——一时，挣扎声、号叫声、喘息声……年长的年幼的邻居都来围观。师傅娴熟地捆、宰、推毛。切了头，割了尾，尖刀在脖颈处挑个口，将尾巴穿上去，寓意着有头有尾，捧了放在屋内大匾的中央，一定要贴块红纸。师傅拿出斩骨刀从猪面斩过去，躯干便一分为二了。拿扁担抬着称称，母亲欣喜地看着杆秤上的刻度。猪肉按部位分割好，邻里各家一碗下水，外带一块肉，让孩子端了去。空空的猪圈在年三十那天贴上"六畜兴旺"的红纸条，等着开春的小猪仔入驻。

※ 春节

火腿腌上了，香肠灌上了，春节的意思也越来越浓了。

腊月二十三是传统习俗"送灶神"的日子。传说灶王爷专门上天告人间善恶，一旦哪家被告有恶行，大罪要减寿三百天，小罪减寿一百天——这可了不得！送灶神主要是封灶神老爷的嘴。拿什么封呢？年糕——年糕黏啊！糯米蒸打，再做成精致的桃状，用模板压出漂亮的花花草草，备上十三个，打一碗清水放在灶上，防止灶老爷吃年糕时噎着，农村人想得真周到。为了让灶王爷"上天言好事，回宫降吉祥"，人们想出各种办法对付他。除了拿年糕哄，还有的用酒糟涂抹灶门，这叫"醉司令"，醉得灶神不能乱说话。"吃了人家的嘴软"，灶神受到这么好的招待，当然就不好意思讲坏话了。送灶时放爆竹，不可动筷，刀不能乱搁在锅台上，以免触犯灶神。送灶的对联只有两副，二选一。一是"灶为五祀之一，君生八月初三"；要么是"上界奏善事，下界报平安"。

送灶时口中要喃喃自语：一年到头吵吵闹闹，请灶神老爷包涵一点。接灶是大年三十，正好除夕，家家鸡鸭鱼肉，碟碗盛了，先祭灶神，把灶神爷哄得心花怒放。

腊月二十四是小年，隆重度不比春节低哪去。放鞭炮、团圆饭一样不少。如果能在这天赶回家，对在外游子来说是件幸福的事。而这天也是个无声的宣言，告诉大家：春节真的开始了！这之后的每一天，都是奔着春节去的，大家心照不宣。街上人多起来，竟有些水泄不通的意思；烟花、对联、灯笼染得到处红彤彤，春节让大家变得富有起来，将年货一批批地买回家。

而农村，老的传统保留着，过年味道更浓郁。

※ 过年喽

　　那时候最忙碌的是每家的妈妈，扫灰除尘，准备过年物品，制作各种美食，请来雕酒的师傅雕整个正月喝的酒。自家酿的味醇劲大，通常男人喝；妈妈自己用糯米做米酒。糯米蒸好，和酒曲，用被子捂着，一两天就闻到香了，打开一看，中间一汪清汤，妈妈特别高兴，今年的酒好！汤用瓶装着，除夕夜女人和孩子喝，下面的醪糟煮鸡蛋，或者做醪糟汤圆。我妈很细心，指甲大的汤圆里也能灌上桂花芝麻馅，咬一口，馅流出，唇齿留香。我外公还有一手绝活，用醪糟裹上咸干鱼做成糟鱼，腌制之后，两种完全矛盾的味道完美结合，带给味蕾强大的刺激。我迫不及待地将技艺学到了手。

　　豆腐也是自家做。直到春节才知道，会做豆腐的不仅仅是豆腐店的师傅，还有我的妈妈。自家种的黄豆泡足了，磨浆、过渣、煮沸、点卤、压模。成型的豆腐一部分拿水漂着，可以吃上一周；另一部分用油炸，再放进坛中腌上，正月都不会坏。做豆腐是孩子们的快乐节日，刚炸出的豆腐又香又嫩，抹上辣椒酱，吃得满头大汗。

　　做完豆腐，该熬糖了，又是孩子们的节日。

　　木质的大锅盖上放着镇邪的菜刀，温热的锅里，糯米已被大麦芽发酵，用粗布过滤，灶膛里大火再次熊熊燃烧，锅里慢慢有了泡沫。"咳咳！咳咳！"围观的孩子一片咳声，"怎么都咳嗽了？"妈妈手里的大勺沿锅边舀一圈，"喝下去，镇咳！"啊呀呀，真甜……

锅里继续翻滚着白沫，越来越稠，妈妈的大勺时不时舀起，倒下，再提起……挂成片，拉细线。另一个灶台上，炒着芝麻、花生或冻米，

※ 做糖

炒好后倒入熬好的糖稀翻炒片刻，出锅上桌，打压成块，再切成小块，便有了春节传统美食芝麻糖、花生糖、冻米糖。那时其他表弟还没出生，在家里，我和大表弟是别无选择的玩伴，我们拽了点糖稀两人拉着玩，惊奇地看着透明的糖稀一点点变成白色。

然后，做蛋饺、灌豆腐泡，母亲有条不紊地将家里营造得年味十足。现在，所有的年货都可以购买，在外的儿女们春节回家也待不了几天，但并没有因此减少母亲的忙碌，她一定要亲手制作这些食品。做这些事的母亲是喜悦的，对过年的期盼实际是对儿女的期盼。春节了！孩子们都要回家了！这些食品，哪怕孩子们只尝一口，母亲也愿意制作一天，而只要母亲还在老家，孩子们想尽办法也要回家。

那时候我们虽然住乡下，但离镇近，过年的内容和食物也丰富些。而住在偏僻山头的伯父家要贫瘠得多。伯父家孩子多，哥哥们都在外地求学，生活很困难。有年春节在伯父家过。姐姐们挖野菜煮火

锅；能干的伯母找来一块干净纱布，将蛋液通过纱布倒入油锅里做蛋酥；挂面加青菜做汤；煮咸肉上面的浮沫舍不得倒掉，捞出放盘里，黑乎乎的。我问伯母这黑乎乎的是什么菜，她笑："马大哈！""为什么这么咸啊？"伯母风趣地说："因为马大哈粗心，不小心放多了盐！"现在伯母已经八十岁了，哥哥们都在外工作，伯母舍不得离开家乡，便在几个姐姐家轮流住着。逢年过节，哥哥总是风雨无阻地赶回，大家集中在母亲身边一块儿过节，有时大姐家，有时二姐家，哥哥说，妈妈在哪里，哪里就是家。

我外公是极讲究这些传统节日的，各程序都走齐了。最隆重的是请祖。"腊月二十九，上坟请祖上大供。"据汉代崔寔的《四民月令》记载："正月之朔是为正月，躬率妻孥，洁祀祖祢。及祀日，进酒降神毕，乃室家尊卑，无大无小，以次列于先祖之前，子妇曾孙各上椒酒于家长，称觞举寿，欣欣如也。"这说明早在汉代祭祖就已经是春节一项重要的活动了；也说明祭祖不仅仅是我们老家的活动，广大中华土地上都流行着。我外公有一套完整的器具，叫"五件头"，四个蜡烛台，一个檀香炉，还有一套碗碟啥的。厨房男人帮不上

※ 你是我的家

※ 外婆

忙，外公负责把家里的男人和孩子召集起来，挂上祖宗灵位画，点上蜡烛燃上香，荷包蛋、猪肉、包子摆好，酒一杯，茶一盏，开始隆重祭祖。我外公是个恪守传统的人，冬至一定要煮南瓜饭，端午节一定要包粽子、插艾草，用雄黄泡酒追着我们小孩子全身抹。

外公外婆健在时，春节都是和他们在一起过，后来外婆他们去世了，我们乡下去得少多了，过年也只在自己家。我妈说：你外婆走了，好像家都没了！我不懂，问，咱们这不是家吗？妈妈说，我是你的家，外婆是我的家啊！

除夕那天的街道与往常不一样。白天人头攒动，热热闹闹，到黄昏，当第一家吃年夜饭的爆竹声响起，街上行人开始减少，不消一会儿工夫，店门关了，人不见了，甚至一个人影也没有。突如其来的冷清与安静让你怀疑刚才的热闹是否真实。其实这时，不管在哪家门旁仔细听，定会听到门缝溢出的笑声，那是一家团圆的欢乐。原来热闹都被各人拿回去，放在自家屋里了！

春节是味觉的盛宴，年夜饭将盛宴推上高潮。鱼是不能少的——"年年有余"；笋子年糕不能少——"节节高"；四喜丸子不能少——"四四如意"……各种祝福摆得满满一桌。忙碌的母亲是最后一个上桌的人，我们都不动筷子，等着母亲解下围裙，微笑地端起酒杯。只有这一天，我们才没有忽视母亲的操劳。

徽州民俗云："赶忙三十夜，清坐初一朝。"大年初一不洗不涮不扫，不动剪子不动刀，不能向外倾倒水和垃圾。如不小心打碎碗，定说"岁岁平安"；摔一跤，就嚷着"拜年喽"！这天要说要做的，都围绕着"吉利"和"祝福"。早起家人拜年互贺，便进入初一朝的重头戏——"常常利市"。新衣新装、喜气洋洋的一家人在八仙桌旁围坐

※ 母亲

着，每人一杯绿茶、一碗甜茶。甜茶母亲头晚就炖好，有桂圆、蜜枣、莲子、花生。先喝一杯清茶再喝一碗甜茶，所谓"先苦后甜、苦尽甘来"。喝茶有"茶点"，自家做的花生糖、芝麻糖啊什么的分置于漆器或锡器的茶盒里，有的人家也叫"锡格"。再来两只元宝——不能说茶叶蛋哦！最后品尝"利市面"——所谓"常常（尝尝）利市"也。对于徽商来说，"常常利市""长长利市"肯定是一年之中最重要的吉言。

初一孩子们还有两个重要的喜事，收压岁钱和放小鞭炮。对于太小的孩子来说，压岁钱过过眼就上交父母了，除了和小伙伴比数字，基本与自己无关。小鞭炮却是自个儿放，所以后者更让人兴奋。胆小的孩子抖抖索索划上火柴，信子一点着赶紧扔；胆大的雪里挖个洞，塞个小鞭炮点火淡定地站在旁边看；玩得兴起弄个罐头瓶埋在雪里，捻松鞭炮搁里面，点信子鞭炮不炸，咻咻地在瓶里发着光打转，惹得围观孩子一片惊呼。

实际上，母亲的清闲大概只有初一一天。接下来，川流不息的拜年又让母亲开始了扎根厨房的日子。但母亲是快乐的，因为孩子们都在家。平日里，母亲如一棵大树，独自支撑着物质及精神上的家，而传统的节日把散落在各地的子女收集回来，来到母亲的树荫下，这让母亲很喜欢过年。老家的年很长，直到正月十五才算过完，二月二完全结束。但在母亲心中，从孩子们年后离家的那天，她的年就结束了！

有一天，我妈忽然对我说："我要好好保重身体。"这让我有点惊讶，她一向只把孩子放在首位，而从不爱惜自己。接着她说："我要活得长一些，让你们过年回来有个家。"

母亲在，家就在。我转过身去，悄悄抹去眼泪。

阿婆的冬天

毫无疑问，在徽州，冬天是属于阿婆的。

天一放晴，坛坛罐罐们就被阿婆全搬了出来，清洗干净，在太阳底下晒着，我们知道，阿婆开始腌制冬天了。

这个季节总是和美食有关，琳琅满目的徽州小菜都在这时来到人间。肥白的青菜、水灵灵的萝卜成担地从地里挑回家。不用招呼，隔壁的婶啊姨啊都拎着板凳主动来了，一边聊天，一边帮忙，至少得洗上一天。然后，院子里就热闹起来了：竹匾一溜溜排开，晒着切成长条的萝卜、青菜干、菜叶；竹篙一行行架起，修长的白菜们密密匝匝地晾在上面，齐刷刷的身高，清一色白衬衣绿军裤，像是接受检阅的部队。

最大的缸用来腌咸菜，阿婆将晒好的雪里蕻一层层码在缸里，撒上盐，让小舅站在菜上面不停地踩，直到踩出水来——踩菜很有讲究的，不是谁的脚踩出来的都好吃！只有干体力活的男人，大脚板、厚茧子，再出点脚汗，才能踩出这么脆鲜的咸菜。腌好的雪里蕻黄澄澄的，等春笋冒出来，用白嫩的笋尖，加点肉丝炒个家乡小炒，端上桌来眼睛都要流口水！腌好后煮熟晒干，就成了传说中的霉干菜。夏天里，称一斤黑毛猪肉，最好是那种带肥带瘦的，切块红烧，黄酒，炭火慢煨，放切碎的霉干菜，剥几粒蒜头，掰几片红椒，干菜吸油，菜含肉味，肉味又浸入菜里，肉嫩而不腻，入口即化，那个肉香、菜香……离家十米都能闻到啊！盛上满满一勺在碗里，喷喷！就埋头可劲扒饭吧！霉干菜还有一个神奇之处，拿它做菜，哪怕是炎夏，放很久都不坏！还有呢！它也是著名的徽州烧饼离不了的原材料。

有位作家说，文字是有灵魂的，中秋、月儿这些词，一提起来就会令身在异乡的人流泪；其实食物也是有灵魂的，霉干菜、腊肉、清明粿……每尝到每见到便勾起游子的乡愁。

那种杆长的青菜，我们叫它"高脚白"。菜秆儿切成横条，叶剁碎，分别加上盐、辣椒粉、蒜末不停揉，揉熟了装在坛子里，一周后，拌上麻油、撒上芝麻粒，就可以尝到香菜杆和香菜叶的美味了！

腌萝卜干是表姐妹们的最爱，洗净切条，晒足三个太阳，晚上不收回家哦！打了露水更好吃。外公说，那是吸"日精月华"！捏起来有些干软，水分却锁在了里面，如果打比方的话，应该是半老徐娘的水嫩度，成熟含蓄。拿盐、茴香粉、辣椒粉和上，装坛，压严实，蒜末封口，吃时倒上芝麻油，怎么吃都有一股家乡的味道。如果用舌头来品尝家乡的话，应该就是这种有点甜、有点咸辣，以及一点八角的香，质朴而真实。

味道萦绕在唇齿间，感觉却直达心里。有时候吃着吃着，体内忽然咯噔一下，心的某一处，如初春薄冰，迅速融化开，明明是爽口小菜啊，怎么化成了芥末辣，呛得眼泪流出来？

这些小菜也是有灵魂的，虽然家家都会做，但就像各家的孩子，长相、性格千差万别，对自己家的小菜，哪怕初次见面，也会感到

※ 洗白菜

亲切和熟悉，所以，即使摆上满满一桌，我也能尝出阿婆的小菜来。

我喜欢看阿婆坐在院子里切菜的样子：凳上放着竹匾，挨着装满菜的竹篮，白色的墙被晒得暖和和的，阿婆穿着斜襟蓝袄，发髻光洁，坐在靠墙的椅子上，左手按一把青菜，右手握着菜刀，一提一落，均匀流畅。不用看刀，阿婆也能把菜切得如孪生姐妹一般。冬日柔柔地照着阿婆的脸，安静祥和，没有风，云被钉在了蓝天上，纹丝不动，小花猫悄无声地跑过来，亲昵地蹭一下，又跑开了。砧板放在竹匾里，好像一个泉眼，"嚓嚓"声中，菜秆们汩汩地流泻出来，很快堆得高高的，菜秆晶莹如白玉，偶尔带些叶子，碧绿如翡翠。阿婆的脚边放着一个小火篮，炭灰里埋着我儿时的美食，我管它叫"啪"一炸的蛋——拿一只生鸡蛋，棉线拦腰系一道，煨在火篮里，等听见"啪"的一声时，鸡蛋就熟了。棉线炸断了，鸡蛋却是完整的，被炭火烤得香酥酥的。我美滋滋地吃着，阿婆也美滋滋地笑着，满脸慈爱。

后来我去了很远的北方，一到冬天，我就忍不住想家、想家！当太阳把被子晒得香喷喷的时候，当看见白发的老人风中独行的时候，当偶然尝到家乡小菜的时候，我就忍不住内心情绪，几乎想不顾一切地，马上回家！

冬天里，我对家乡的记忆，就是徽州小菜和阿婆。

阿婆是母亲的继母，血缘关系有无丝毫不影响彼此的爱。阿婆无芥蒂地爱和付出着，尤其对她最爱的我，她总是想尽办法满足我的要求，特别是对食物的要求。

我最爱吃的徽州小菜是豆腐乳，这是阿婆最拿手的小菜，于是，去年的接着今年的，家里的豆腐乳从来没有断过。

为了确保质量，阿婆的豆腐乳完全手工制作，连作为原材料的豆腐都是。她将自己收获的黄豆挑选圆润饱满的，清水浸透，用石磨磨浆、过渣、煮熟，再点卤装模压成豆腐。做腐乳的豆腐不能太嫩，得压得硬些。压好的豆腐切成小方块，铺在竹匾上，等长出霉来再腌制。阿婆总是做成两种风格：一种适合我的口味，软软的，咸辣些；另一种清淡些，硬硬的，是外公的口味。家里的成年男人有早起喝茶的习惯，每天早晨外公一起床，阿婆就泡上一杯浓酽酽的毛尖，一小碟桃酥、一小碟豆腐乳摆上桌。外公端坐在太师椅上，啜一口热腾腾的绿茶，筷尖挑一点豆腐乳眠在嘴里，让它在口腔炸开，渗透到每个角落。外公在绿茶白色的气雾中眯着眼，咂出声来，感受着味蕾带来的美妙，深吸一口气，仿佛腐乳的香已蒸腾到了空中。笑容渐渐在外公脸上浮起，那是他一天最惬意的时刻。

记得儿时的一个冬天，阿婆准备腌制腐乳，她刚把铺满方块豆腐的竹匾架在长条凳上，玩累了的我冲进院子，一屁股坐在长条凳另一端，结果竹匾翻了，豆腐全掉在地上，沾满了泥！"哎呀呀！"阿婆叫着跑过来，"怎么这么不小心啊！"我知道，那年黄豆收成不好，只做了这一匾豆腐。豆腐是没法洗的，我惊恐万分，知道自己闯祸了，害怕地站在墙角，等着挨揍，但阿婆丝毫没有打我的意思，只是小心地将沾满泥的豆腐一块块捡起来。晚上，我一觉醒来，阿婆还在费劲地用刀削豆腐上的泥，见我睁着眼，阿婆竟然柔声问我：白天我话说重了，有没有生气？有没有害怕？

咸菜不容易坏，阿婆说古时徽州人在外面经商，都是背着干粮、带着咸菜上路。外公年轻时走街串巷地上门打铁，也背着咸菜出门。可是,现在也不出门了,为什么还要做这么多咸菜呢？阿婆笑而不答。

后来我知道了，好多远亲住在偏僻的山沟里，家境贫寒。他们的孩子在镇上读书，每周回一次家，返校时，孩子们就会到阿婆这里带上一瓶小菜。记得有个远房的舅舅与我年纪相仿，总是怯怯地站在院子里，不肯进屋，接过阿婆的小菜立刻飞奔而去。

前几天阿婆忌日，表舅也去了，说他小时候家里穷，就是靠阿婆的小菜度过了一个又一个冬天。

阿婆最疼的人就是我。有次，阿婆给我做百合粥，我随口就说："阿婆，我同学说百合花做成小菜很好吃呢！"当时正是百合开花的季节，接下来的几天，吃过午饭阿婆就不见了踪影，直到几天后，阿婆把腌好的一小碗百合花端上桌子。我不知道裹过小脚的阿婆怎么爬上山头到处去寻找百合花，也不知道需要多少花才能做这么一碗小菜，更不敢想象阿婆是不是摔了跤，被荆棘拉破手。百合花的味道也已经忘了，但一想起来就非常内疚。

我很爱我的阿婆，在她弯腰很困难后，我给她洗头洗澡，给她剪脚指甲；在我开始有收入时，给她钱，给她买很多东西。她特意穿着我买的衣服去老姐妹家串门，怎么都能将话题引到衣服上，幸福地告诉姐妹是外孙女儿买的，然后就等着收到一片赞叹和羡慕。而阿婆对我爱和感激的表达就是使劲为我做食物，但阿婆年纪大了，眼花了，味觉也木讷了，小菜特别咸，几乎无法入口，她总是将刚

※ 洗菜

做好的小菜挑几根让我尝，观察着我的表情，小心翼翼地问："是不是又咸了？"

阿婆对我，可以完全付出，毫不吝啬地将自己的所有拿出来。有一年回老家，她塞给我一个细细包着的手帕，说给我留了个好东西，是古董，打开一看：二十世纪八十年代三线厂的铝饭票！我哑然失笑，说："上哪儿捡的？哪里什么好东西！"阿婆脸色立刻变了，眼里弥漫着失望和落寞，嗫嚅地说，是用三只老母鸡和一个外地人换的。我又生气又心疼，大声抱怨。阿婆一夜没敢和我说话。

冷静后想想，一天天老去的阿婆多么渴望永远拥有我们的爱啊，渴望我们还像小时候那样毫无保留地依赖着她，但她认为自己已经不能给予了，惶恐地害怕失去，害怕我们会嫌弃，想尽办法用她的方式去告诉、去挽留，甚至去换取。每次去看她，我都和她睡一张床，阿婆一动不动，生怕我会嫌烦，有时我故意让阿婆帮我暖脚，她便如得了奖赏般高兴地一下揽进怀里。而我的这一次抱怨，使她的心跌入怎样失落的深渊！我后悔极了！

于是我告诉阿婆，很想要她的一样宝贝，阿婆兴奋地赶紧答应，问是什么，我说，就是冬天给我煨鸡蛋的火篮筷。那是一副铜筷，外公做的，很精致，上半部分拧成绞纹，两根筷头用一根链子连着。阿婆立马就要找给我。我说不着急，冬天快到了，我还要吃您煨的

"啪"一炸鸡蛋呢!

但阿婆没有度过那个冬天。我在冬天开始的第三天离开了家乡,阿婆数天后也离开了,并且是永远离开了,等我赶回家,阿婆已经入了土。妈妈拿出那副铜筷子,是阿婆留给我的,用砂纸擦得锃亮,好几条手帕层层包裹……

从此,小菜成了我思乡的现实存在,成了眼泪的源头。

冬天又到了,阿婆的小菜再也尝不到了,超市买的不过是别人家的孩子,克隆成一个模样,没有情感和灵魂。火筷被日头晒得暖暖的,折射着温柔的光芒,院子里,墙角下,小花猫,竹匾,"啪"一炸的鸡蛋……我的阿婆去哪里了?

美味埋在火篮里

　　如果你是徽州的孩子，如果你在徽州的冬天上过小学，那你一定知道小火篮，竹编的小火篮。

　　陶土做成土钵子，或是用铁皮制成小盆似的内胆。外筐呢？是将竹子均匀剖成一根一根薄细的篾，传统工艺精心编制，口阔肚大，底如鱼尾，流线型小蛮腰，精致小巧。做好后刷清漆，鲜嫩的竹青油亮亮的，是一件精美的工艺品。

　　旌德的三溪盛产竹器，火篮只是其中一种。那儿有条老街，明初就有了，三溪的篾匠也始于明初，老街两边到处堆满了竹篮、竹箩、谷筛，篾匠安静地坐在自家门口，剖篾编花，硬脆的竹子在他们手中柔如丝缎。

　　科普一下竹艺知识。中国是世界上最早对竹施艺的国家，中华民族五千多年的历史，有千年的岁月铭刻在竹简上。竹藤编织始于原始社会；殷商时期编织纹样开始丰富起来，有了方格纹、米字纹、回纹等纹饰；战国时竹编技艺已达到相当高的水平——文化总是能在那个区域以各种面貌出现，有时是建筑，有时是服饰，有时是小火篮，以浪漫主义为特征的楚文化也在他们家的物品上做着记号，所以楚地的火篮更有文艺范儿，我们旌德某时期属楚，于是，哪怕是一副火筷子，我的外公也能精细地拧成绞纹。

　　"火篮"是个令人充满想象的名字——把火放在篮子里，如此地不可思议。在徽州阴冷潮湿的冬天，没有电取暖设备的小时候，我们就是把火放在这精巧的篮子里，温暖着整个冬季。

　　农村做饭用柴灶，砖砌成灶台，架铁锅，山上砍来柴火，烧得

※ 编竹

旺旺的，做出来的饭菜可香了！长辈不放弃任何教育后代的机会，一边烧一边说："做人要真心，烧火要空心。"柴架空才能烧得旺，火从柴那头向后蔓延，烧过的柴由耀眼的金变成红色，一截截断在灶洞里，又慢慢从最外层变成白的灰，向内收敛着光芒。这样的炭火最适合装火篮，用铁锹铲进火篮的内胆里，上面盖一层热炭灰，温度刚好，慢火徐徐，隔天都不会熄。火小了，用火筷子略一扒拉，燃的炭露一些出来，温度又上来了。

火篮子、大棉裤、线帽以及长满冻疮红肿的手，是儿时冬天必备的道具。

火篮可以用来烘衣服、烘鞋、烘菜、烘手脚……冬天被窝冷啊，入睡和起床都需要极大的勇气。阿婆把火篮捂在被窝脚的那头，烘得暖暖的，让钻被窝成为享受。唉！我是多么喜欢又害怕写文章啊！它总是迫使我回忆，美好的心酸的过去时光从心底被揪起，泪和笑一并流出。

我在农村读的小学，教室年久失修，下雨时得用三只盆接水，教室前能形成一条小水沟。课间我们折纸船放在水面上，开心地看它们从一年级飘到五年级。窗户没有一块玻璃，用塑料布蒙着，风大起来就会掀起一角，呼呼地往教室里吹。所以冬天，每个孩子都红肿着脸和手，每个孩子都备着小火篮。

——但是你能想象吗？孩子的智慧是多么无穷，我们能把贫瘠变得富有，能把困苦变成快乐。实际上，小时候的我们从没认为自己是贫苦孩子，一个火篮就能满足对整个冬天的愿望。

除了提火篮来上学，大家还从家里带来了冬天的美味：几粒老玉米粒、几颗黄豆、一小截粉丝或者花生或者稻粒……你猜不到它们是怎么变成美食的吧？别着急，我们还需要一个小的铁盒，冬天抹脸用的香脂盒最佳。那时候香脂都是用小铁皮盒包装，于是天天盼望着家里的香脂快点抹完啊！终于抹完了，洗干净了，把铁盒放在火篮里，靠近燃着的炭火，两粒花生啊什么的放进去吧！奢侈的同学，竟然还能倒上几滴香油！剩下要做的事，就是吞着口水等……也能直接将原材料埋进炭灰里，这样的话不能靠火太近，会烤煳，重要的是一定要记住位置，要不盖上灰就找不到啦！手巧的同学找根细铁丝，一头绕成小勺，将黄豆啊花生啊放进小勺里，再埋进炭灰中，一头长长的当柄方便取食，然后焦急兴奋地等啊等……终于听见"啪"一炸，香气溢出，几个小脑袋就凑在了一起，一人一粒，略略吹一下炭灰，赶紧入口——那个美味啊！如果带的是粉丝，熟得最快，直接拿着一头，另一头挨着炭火，就听见"嗞嗞"作响，粉丝迅速膨胀，热乎乎的满口香！

有次同学家打年糕，竟然带了年糕来！年糕不用埋在炭火里，放在火篮盖上，火篮上面有铁丝编的盖，上面放需要烘的东西：一双鞋啊！一碗菜啊！或者年糕啊什么的。年糕烘软就可以吃了，最好烘成外面略焦黄，一掰开，里面热腾腾的香扑面而来，光闻着就心满意足了！

从家里带几粒黄豆花生什么的，家长是不会责备的，但我们还是尽量自己去找食材。我们家门前是农场的晒稻场，稻啊、豆啊都在那里晒，水泥地上有裂缝，农民收完入仓，常常落下几粒卡在缝里。放学后，伙伴们就仔细地在缝里抠，有时能收集一小把呢！但我们绝对不会去抓晾晒的豆子。至于稻米花那容易多了！农场里把打过谷的稻草堆起来，烧草木灰，我们就在灰里找被火苗遗漏的稻谷。

※ 外婆的火篮

捂灰的稻草堆也是我们喜爱的啊！家里偷偷拿个小红薯——这得"偷拿"了，搞不好是留种的——埋在烧过刚熄火的草堆里，然后在旁边做个游戏，掏出来，香喷喷的烤红薯就出炉了！别看外面黑乎乎的，掰开来里面又软又甜。最大的风险是常常做游戏忘了，想起来已成了黑炭，心里懊恼至极；或者做的记号找不到了，不知埋在哪儿，只好扒开草堆，拿小木棍翻找，美食最后是尝到了，但脸、衣服全是黑，回家十有八九挨顿揍。

除了小孩子，老人冬天也不离小火篮。我的阿婆总是手上挂着火篮，系着围裙，围裙盖在火篮上。她也会从火篮里掏出各种美味，比我的可强多了！有时是别人拿给她尝的一个小饺子，有时是妈妈给她做的红枣汤，有一次竟然是个粽子！最多的，是用棉线缠了两道的鸡蛋，埋在炭灰中，"啪"的一响，线断了，蛋熟了……好香啊！啃着鸡蛋的我瞬间觉得自己是个幸福的孩子。

※ 打年糕

　　我家里的那个火篮还留着，我认为它至少有五十年的历史了，它和我一起读完了整个小学，如果它会说话，应该能背出我学过的所有古诗。火篮编得细密紧致，像个漂亮的灯笼，放在杂物间很久了，每年腊月除尘时，母亲会细心地将它擦干净，阴凉处晾晒着。火篮如同迟暮的美人，岁月让它失去了青春的嫩绿，变得暗红。物品其实也是有生命的，搁在那里，不开口，你能看出它是在生长还是在回忆。它的篮柄已断了，失去了使用价值，但显然，它全身都充满着故事，我的母亲定是为了这些故事而不愿舍去。

　　"你手背上为什么会有疤痕，知道吗？"母亲抚摸着我左手背上那道一厘米的小疤痕，问道。我摇摇头，我以为我一直就有，是我身上长的呢！

　　然后，她说了一个故事……在我刚刚能拿得动火篮的年纪，我年轻的妈妈是偏僻村小学的老师。冬天很冷，雪很大，阿婆要做饭，盛了火篮让我在门口烘火。小小的我不知怎么就觉得妈妈一定特别冷，拎着火篮要给她送去。我当然没去过那么远的学校，但我知道方向，妈妈都是从那条路回家。在积雪的山路上蹒跚走着，年幼的孩子当然也没想过根本就找不到学校啊，但是妈妈恰巧提前放学了，正往家走，远远看见一个孩子怎么那么像女儿啊，提着火篮艰难地前行着。走近了，果然是！妈妈一边叫我的名字一边向我跑来，我也向妈妈奔去，然后就摔倒了，炭火撒了出来，烫伤了我的手背。我大哭，不是因为痛，抽泣地说："妈妈！你冷！我给你送火篮……"

"这只火篮我怎么舍得扔掉呢？"

茫茫雪地，打翻的火篮，一地炭火，感动的母亲，年幼的女儿……她是我吗？当我们是孩子时，我们的爱多简单，眼里心里只有妈妈，长大后，要爱的太多了，却忽略了最重要的人；当我们是孩子时，我们的快乐也很简单，长大后，有了太多乐趣，却发现，怎么不快乐了？

那些快乐是不是随着美味埋进了那个冬天的火篮里，一直忘了取出来？那么，告诉我，它们还能回到我的身边来吗？

※ 再旺一些

和看不见的你说话

　　清明节是宽容的。

　　我是说和冬至比起来。他们是兄弟,冬至显然年长些,神情严肃。不过,单就祭祖活动来说,兄弟俩步骤基本相同。

　　我外公在世时,祭祖之类神圣的项目都由他带领我们完成。我外公有着长长的胡子,与这项事业非常相符。他有一套器具,几只小碗小碟,香炉啊烛台啊什么的,很有些年头,逐一摆开,碗里各装着一个煎好的荷包蛋,一块方方正正的红烧肉,一个大包子,一

※ 花开了

瓶酒。诸碗杯依次排好。燃烛、烧纸、点香。井井有条。

　　我外公极讲究，黄裱纸上一定要写上一堆文绉绉的话，末尾是谁谁谁奉上。

　　香每人上三根，由长到幼，由男到女，挨个上。第一根香礼请历代祖先，请他们一块来过节，曾祖父曾曾祖父，我们不知道却至关重要的各级长辈，嘴里一边说着："礼请历代祖先前来享祭！"第二根香礼请墓主，仍要说那句话。第三根香礼请当地城隍、土地——得让他们关照啊！

　　千万别把三根香捏到一块就插那儿了，那是不合规矩的。插香的时候，得用左手，第一根、第二根、第三根从右往左依次插。在

世上的人是以左为上，去世之人和我们相反，是以右为上。我问过我外公。

烧纸的时候，要一张一张烧，一定不能拿棍挑，为什么？挑了就破了啊！那个纸烧掉变成钱，你让爷爷的爷爷拿着缺了一半的钱怎么用？

点蜡烛也有讲究。亲人去世后的三年内点白色蜡烛，之后都是用红色的。蜡烛代表着光明，供蜡是让子孙走明道，走光明之路。古人多么睿智！

冬至总是和过年联系在一起，是一年中的大事，庄严肃穆。比如"冬至大如年"啊！比如"邋遢冬至干净年啊"！古人很厉害，他们说"冬至晴，新年雨；冬至雨，新年晴"。果然！这话直到现在还灵验。

同样是祭祖，但冬祭和春祭显然不一样。清明节还会在坟头插上清明吊子，花花绿绿地风中飘曳，硬是要和这个季节搭配起来。

我说清明节是宽容的，这话没错。祭祖之后的节目，清明那天就有趣多了，踏青、荡秋千、蹴鞠、打马球、插柳……蹴鞠和打马球是古人爱玩的，现在不作兴或改良了。但荡秋千可以啊！种个树可以啊！放个风筝可以啊！清明节允许大家各种玩，玩累了还有清明馃吃。

清明馃真是太有特色了——话说中国的哪种食物没有特色呢？端午节的粽子，冬至的饺子，中秋的月饼，从长相、味道到文化，各有各的美，每个都够诗人吟上一年。

清明馃的特色在于它的颜色，明明是白面做的，偏偏染成绿色，也是要和季节搭配起来。馅有芝麻的、豆沙的、笋丁的、马兰头的……马兰头是一定要有的！清明节是一个分界线，过了这一天，马兰头就不能吃了，不管多么娇嫩欲滴。

热热闹闹的祭祖之后，我避开一大帮热热闹闹的人们，找个舒服的地坐着，和他们说话。你知道我指的是谁，有的我认识，有的不认识，我只能称"他们"。坟茔像个房子，他们在房里待着。我们这里是土葬，掘土为墓，埋棺其中，堆坟立碑。所以我想，他们一定都好好地在自己屋里待着，并没有化粉成灰。

土葬的地方仪式感更强，这在农村叫作白喜事。记忆犹新的是外公的葬礼，程序繁杂，规模盛大。什么净身、报丧、奔丧、停灵、守灵、出殡、烧七……一整套。每个村都有专门管事的，德高望重，在他的安排下，环节一个不落。村子里有自己的锣鼓班子，锣鼓唢呐都有，自学成才，平日里没听见他们操练，但谁家有喜事，全班人马就开始展现他们娴熟的技艺，仿佛与生俱来。我们家亲戚多，外公又是手艺人，徒子徒孙比亲戚还多，前来吊丧之人络绎不绝。

※ 渡

男子跪叩烧纸，妇女涕泪交流，号啕大哭，有调有词，谓"号丧"。有个远房表姐特别厉害，边哭边说，还边唱，口述了一段人物传记，抑扬顿挫，跌宕婉转，偶然还押个韵，虽然很少来咱们家，却清晰地历数着外公一生丰功伟绩、我从不知道的英雄史。

晚上亲人需要守灵。亡者头前置一盏用麻油或棉籽油作燃料的油灯，为"长明灯"，长明灯不能灭，常需添油拨芯；身侧放一个盆，俗称"老盆"，"老盆"底部要钻眼，有几个儿女钻几个眼，孝子不断在"老盆"里焚香烧纸。

出殡是最重要的环节，扎龙杠，系红绳，八人抬棺，一只大公鸡立在棺头，歇脚时棺不能落地。棺并不直接抬到墓地，一定要沿

※ 空窥

着村子、街道走一圈，名为"游街"，让故去之人看看生活的地方，告个别，路过相识的人家，会燃爆竹、烧纸来迎接。外公的送葬队伍很长，浩浩荡荡地走过街道、村庄，最后走进大山。

这个活动的特点在于，所有的工作都围绕该主人公开展，严肃、正式，主人公却一直不出场。

下葬后，亲友每七天去墓地看望并烧纸钱，一共去七次，所以叫"做七"，第四十九天"断七"，葬礼才算正式结束。

我很喜欢我的外公，小时候常常给他捶背架腿，看他打铁，帮他拉风箱。晚上去厕所怕黑，外公点着马灯陪我。担心他不耐烦要走，我就让他唱歌给我听，他就唱戏，一出一出的……有年寒假，我去省城参加游泳集训。过年时给每个队员发了瓜子、山楂糕，我没舍得吃，留着带回家给外公外婆。放了好多天，瓜子全绵了，黏在山楂糕上，惨不忍睹，外公却乐得胡子都弯了，拿着乱糟糟的一堆全村显摆："我外孙女从省城带来的！""懂事的小女！""我享福了！"

外公故去了，我很伤心很思念，听说断七时故去的亲人会来告别，我问我舅怎么来告别。我舅说，比如灯会熄啊！关得好好的窗户会莫名其妙地打开啊！甚至还会见到他的身影呢！晚饭后我陪着大人们坐在堂前，心下惶恐又有些期待，但外公终究没有来。

所以我想到了这个办法，去坟前和外公说话。我不能在平日里去，这样会引来别人奇怪的眼光，清明或冬至那天，正经事做完，我留在后面，等亲友们走远，坐在一片青的或枯的草地上，和外公说话。这是很惬意的一件事，想说什么说什么，想说多久说多久，只管倾诉。

我也和我爸爸说话，我们平日里话并不多，所以通常，我也只是挨着他坐着，看橘色的太阳一点点滑到山后。我爸的坟茔修得很漂亮，在一片美丽的桃林里，缓缓的山坡上，桃花开的时候，粉红的花瓣铺满了山坡。大理石的小院，雕花的门楣，栏杆、石狮被夕阳镀上了温暖的金色。墓碑上刻着我爸的名字和生卒年月，是我用金粉描上去的。直到那一天，我才记住了我爸的生日。

实际上那并不是我爸真实的出生日期。我爸兄弟多家里穷，爷爷去世早，奶奶能养活一堆孩子已经不容易，哪里记得住生日。到了上学年龄要报出生日期，奶奶信手拈来，今天十二号，你排行老五，就五月十二吧！于是，这个日子跟着我爸，从水乡颠簸到山区，郑重地填在各种表格上。我和我弟的生日我爸一早就开始准备，我妈的因为日子特殊，也不会忘记，而我爸的生日，前几日明明还记得，当天却常常被遗忘，为此，我妈总是很自责，但我爸毫不在意。

我曾将这件事告诉过男友，他说：今后我们把婚期就订在你爸生日这天，那我们就不会忘记啦！这句话，和那个善良的男孩子，一直让我记到今天。

工作后我第一次出差，回家带了一堆礼物：给我妈的，给我弟的……我妈把我拉到一边悄声说，今天是你爸生日呢！有没有礼物给爸？我一听糟了！唯独忘了爸爸的，赶紧挑了件给我弟买的牛仔衬衫拿到我爸面前："爸，今天是您生日，我给您买了件衣服！"我爸笑眯眯地接过，立刻就换上了，对着镜子照来照去，咧嘴直乐。男孩子的衬衫穿在我爸的身上并不是很合适，但我爸专门找了条他最好的长裤配上，一副意气风发的样子，那之后，那件衬衫的使用率最高。

我在心里想，我再也不要忘记爸爸的生日，每年都要给他准备最特别的礼物，就像他为我们做的那样。他爱喝酒，我要给他买最

※ 陪伴

好的酒；他喜欢书法，我要送他写不完的宣纸；他想看海，我要带他去海边。他还有那么多的生日，这些愿望都会实现！

但是，那件衬衫成了我送给爸爸唯一的生日礼物了！

当我将那个特别的日子用金粉一点点描在墓碑上，我知道，我再也不会忘记爸爸的生日，但是，他却再也无法收到我的礼物！

我再也看不到我的爸爸，虽然他在相片上对我微笑，我挨着他坐着，我知道他就在我身边，我在心里和他说话，不出声。我告诉他我的愧疚、我的悲伤、我的想念，也告诉他我的快乐……我和他絮叨着家里琐事：告诉他，他种的桃树开花了；告诉他，我现在洗碗可干净了；告诉他，弟弟读大学了；告诉他，最疼他的伯伯去世了……在清明和冬至的黄昏，坐在我爱的父亲身边，陪他看日落看田野看远山，内心温暖安宁。

有时候我也和不认识的人说话。

　　路过别人的院子，我会打个招呼，就像走亲戚时，遇到村里的邻居，不管是不是认识，总会微笑着招呼一声吧！故去的人很坦然，把姓名大方地写在碑上，有时是他的名字吸引了我，有时是他的年纪，我立于不同的坟前，猜测着，探询着。

　　我曾路过一个年轻人的墓，从他的生卒时间上可以看出他的年轻。我不认得他，他离我很远，当他离开这个世界的时候我还没到达他所在的城市。他是我的同龄人。他的生命在我们都很年轻的时候就戛然而止了，就像正在播放着进行曲时突然断电。但我知道，他的身上有许多的故事，他的身边有一大堆的人。他为什么离开？离开时他在想什么？是含着泪还是带着笑？他有他的朋友、亲人、

※ 倾诉

同学，和他熟识的不熟识的许多许多……他离我很远，但是，此刻，我却站在他面前，揣摩他，问候他。

他的墓前放着很多的供品，许多样的水果、糕点，我看清那是稻香村的，他的家人特意去这个老店买了来，甚至还有一副新的、精致摊开的扑克牌。

他死的时候二十七岁，从碑上看没有妻儿，这个年龄，或许有女朋友，但我觉得来祭的应该是他的父母，精心挑选着孩子生前的口味、爱好，与永不消逝的爱一起放在墓前。认识他的人很多，可我不认识；他有他的故事，可我不知道……这世界很大，每个人都有故事，都有社会，都有生活，但是，我只能参与到很少的一部分。

而你，我身边的亲人、朋友，我熟识和不熟识的；我路过的、路过我的；我记得和遗忘的，你们都在这一部分当中。除了珍惜，我没有别的选择。

多一个节日

　　如果我说，我们旌德比别的地方多一个节日，不会有人反对。对啦！每年农历的三月二十八啊！

　　我们叫它"交流会"。到了那一天，不，前几天就开始了！三月二十八是正日子，前后持续有一周左右——先是管理人员在街上划出一格一格的摊位，接下来的几天，陆续开始有人来扎棚子、搭摊子。讲究的，棚子下面还铺了木地板，里面挂上彩灯，半天时间就打造得富丽堂皇。再接下来，一车一车的货物到达，生活物品到达，家人到达——他们把家都搬过来啦！真是全国各地的都有啊！高大的东北人卖各种药材；满脸堆笑的南通人卖花布；魁梧的山东人卖干果；穿长袍的内蒙古人卖羊羔毛的袄子；精明的浙江人卖五花八门的盆啊桶啊碗啊……还有蓄胡子的新疆人，架起炭炉子，一手拿扇子使劲扇着，一手熟练地撒盐和孜然粉，嚷着："新疆买买提羊

※ 街头

肉串！"包着头巾的新疆女人招呼着乱跑的孩子，新疆的小孩子真好看啊！

　　一定还有玩猴子把戏的。通常在电影院旁的水泥坦上，四五只猴子，总有一只最可爱的小猴，眨着圆溜溜的眼睛；其他大点的走来走去地敲锣、翻跟头、互相打架。耍猴人打开木头的箱子，里面准有一块红布、一根木棒、一个小铁箍，耍猴的把红布系在大猴子的脖子上，铁箍套着脑袋，让它舞那个木棒，好像齐天大圣。开始时齐天大圣舞得虎虎生威，引来一阵喝彩，然后就不听话，拿香蕉哄，一把抢过去吞了，继续不听话，瞪眼训斥，毫不示弱地龇牙对视，拿鞭子抽，大猴子灵活地跳起来扯下他的帽子，耍猴的赶忙捂着光亮亮的脑袋，满场跑着抢帽子，惹得一片哄笑。斗不过大的，耍猴骂骂咧咧地点根烟，转身塞进小猴子嘴里："快吸！快吸！"小猴子被呛得直咳，可怜巴巴缩在地上，围观人群很正义地指责。耍猴的开始表达他的真正目的，拿出一堆黑乎乎的膏药——祖传秘方啦！一贴就灵啦！治各种扭伤跌伤摔伤啦！人群迅速散去，只留下几个狐疑的农民伯伯。

　　胜利台那里还有套圈的、打气球的、弹玻璃球的。弹玻璃球有专门的桌子，两层，上层固定一根皮筋，套个小木栓当子弹，皮筋一扯一弹，木栓撞到玻璃球，玻璃球慢慢滚到下层的格子里，滚到

※ 盛开的街道

有什么奖品的格子，奖品就归你了，当然几乎都滚进空格子。这三个游戏有个共同的特点，就是看起来容易，做起来难。那么近的气球怎么瞄都打不准；那么大的竹圈怎么套都要偏！真是奇怪！那会子还有摆象棋摊、扑克牌摊的，异曲同工。两手扑克躺在地上，随便选，和摊主打，输的付给赢的钱。周围挤了一堆人，有被怂恿试试的，但终究赢不了。我有个邻居爱打扑克，蹲在摊位前研究很久，回家又拿副牌使劲研究，终于找到破解办法，乐滋滋地上街找摆摊的，谁知道人家早就换了一副，邻居悻悻转回家，嘟哝着：从南京到北京，买的不如卖的精！

当然还有马戏团要来，在灯光球场那边扎个巨大的帐篷，里面布置成剧场，会蹬大缸的黑熊，会骑车的小猴，会走钢丝的山羊，会数数的小狗……如果哪位同学去看了场马戏，第二天他会成为班里的明星。"小狗真的会做数学题吗？""有没有老虎？""山羊不会掉下来吧？"我竖着耳朵听，我是个矜持的女孩子，不会凑到明星身边问东问西。看马戏是我童年没有实现的愿望之一。有次好不容易碰上了好日子，我妈同意第二天晚上全家去看，结果第二天马戏团居然搬走了。看着空荡荡的球场，你能体会到一个孩子如内心被掏空般的失望吗？明明昨天还扎了大棚子的，怎么说走就走了呢！不过我妈后来带我看过杂技。有个小姑娘很厉害，使劲地把腰弯下去，用嘴衔放在地上的塑料花，我妈一边唏嘘一边现场施教："这么小就不能上学了，你看你多么幸福，要珍惜大好时光，好好读书啊……"我很想把自己耳朵封上，可又怕听不到了其他声音。还有高空飞人，一个女孩在空中甩来甩去，看得我心惊肉跳。还有叠罗汉，先是一个人骑自行车，后来上一个人，然后又上一个人，又上一个人……每个人都像吸铁石一样，一吸就上去了，我妈不失时机地在旁边说：回去可以写一篇作文了！观后感啊！顺便交代一下，我妈是光荣的人民教师，有一个做老师的妈在你身边每天反复强调学习的重要性，这种感觉你理解吧？

旌德是个山坳里的小县城，我若是跟人说我家乡的名字，都要

※ 赶集去

费劲说上半天……左右结构的"旌"，左边一个"方"……不是出瓷器的那个景德镇，对对！旌旗的"旌"……这么个相当没有名气的小地方，天南海北的这些人怎么知道我们的三月二十八呢？那时候没网络没手机，是谁将交流会的信息散布到四面八方呢？每年的这一天，大家约好似的天南海北地赶来，完全准确地找到落脚点，好像他们自己家一样。听说参加这个交流会的人数最高峰达五万人！五万人啊！要知道，我们全县才十几万人呢！

那几天，几乎全旌德县的人都跑到街上。最热闹的是解放街，水泄不通，放学的时候我们一定会特意走这条路，运气好时家长会给点钱让买点吃的。没钱也没关系，可以看热闹——在人群中挤来挤去，一边眼花缭乱地往两旁看。街道中间一溜全是摆摊的，拿着大喇叭吆喝，一个比一个高声。"跳楼价！跳楼价！""全场两块！两块钱，毛毛雨，大家都能出得起！""走过路过不要错过！""要买要带，赶紧赶快！""机会不是天天有，该出手时就出手！"卖胶水的把硬币粘在铁板上让人抠——"能粘铜能粘钢，能粘儿童玩具枪；能粘大能粘小，能粘项链和手表"。卖裤衩的把大花短裤一条条往腿上套："碰到的是机会，买到的是实惠！"惹得来往的妇女们大笑。卖切菜器的一边拿根胡萝卜刨丝，一边嚷："土豆丝，萝卜丝，往前一推全是丝。从大连，到沈阳，萝卜多长切多长。"

※牛市

我们认为这几天应该在解放街上开语文课，但老师们总是很煞风景地警告："不要以为开交流会就放假了！马上要期中考试了，如果……（此处省略无数个字）"

所幸家长这几天都忽略着我们，因为他们忙，忙着上街买买买，忙着给来赶集的亲戚们做饭。那几天，县城有亲友的优越性凸显出来，我们家的农村亲戚总会被同村人羡慕。那些亲戚们，除了正月拜年，就只能交流会见上面。外公也会来，还会给我们带几包桃酥，那是他最爱吃的，认为我们也爱吃。我爸开心地给外公做红烧猪蹄，陪他喝酒，还陪他去看牛市，我爸的开心一方面源于他对外公的爱，更多的是他可以名正言顺地喝酒了！这一点我相当清楚。

实际上耕牛交易是交流会最重要的内容，所以小时候我以为是"交牛会"。专门有耕牛交易市场，设在徽水河边的兔耳山脚下，有买卖的，有交换的，由内行的来判断：如果两头牛价值相当，交换后各自领回家，叫"打一梭"；如果有差价就补上。刚成年的大牛买回家，请有经验的农民先"开教"，教开得好，以后就是个做田的好把式。"开教"这个词很形象——开始教育，民间的词语常常很有学问——其实就是上岗培训，培训老师将牛轭套在牛脖子上，后面拖着犁，老师扶着犁，用他认为牛能听懂的语言教牛犁田，这是耕牛上的第一节课。初长成的牛很顽皮，刚下田的新鲜劲早就没了，沉重的轭硌得慌，牛极力反抗，更不愿拖犁行走。老师软硬兼施，

※ 开教

反复培训三五天，顽劣的需要一周。牛终于认命，自此收了性子，一年年地低头看自己的脚在泥土上踩出黑色花朵，整齐地绽放。

每天交易的牛有几百头，牛市的繁荣带动了另一项交易的繁荣——卖草。旌德人民很聪明，交易的耕牛来自四乡八镇，一交易就是一周，牛们在县城也没有亲戚，自家带的草早就吃完了，精明的卖草人从山上割来新鲜的青草，用板车拉着一捆捆卖。

我一个初中同学，也特别精明，他们家离街近，他一放学就搬张小方桌放在街边树荫下，几只小凳，几个玻璃杯，杯上还细心地盖块方玻璃——卖茶水，两分钱一杯，后来涨到五分，顶峰时一毛。当我们傻傻地围着看猴子时，人家每天能挣好几元钱了！后来他成了我们同学中先富起来的一部分。

——据说咱们这个交流会，是由历史上的东岳菩萨庙会演变而来。以前在旌德县城东南的梓山上，建有一座东岳庙，庙内供着东岳菩萨。又据说农历三月二十八是东岳天齐仁圣帝诞辰。那会子还有东平殿和城隍庙，东平殿是为了纪念安史之乱时的东平王张巡，到了这几个王啊菩萨的生日时，城区附近的望姓大族和百姓，就办起了出菩萨。

顺便科普一下非物质文化遗产——出菩萨。出菩萨又名庙会，到那一天，旌德各乡和邻县的农民纷纷前来观看迎神赛会。人们抬着菩萨，旗锣开道，鸣铳放炮，香花灯烛，百戏杂陈，并有象征皇上的仪仗队伴随，还要唱戏酬神。

东岳菩萨庙会是三月二十八，正是备耕生产、各种秧苗投种时期。一些农民将多余的农副产品、手工制品和瓜秧果苗等，随身带来交换春耕生产所缺少的东西。而春季栽秧必不可少的手工制品——蓑衣、箬帽，大量地出现在市场上，所以这一次的庙会也就被习惯地叫作"蓑衣箬帽会"了。

后来，进步青年破除迷信，上梓山将东岳庙、东平殿、城隍庙内的泥塑木雕菩萨像全部打掉，自此以后，旌德四乡群众不再出菩萨了。但是到了农历三月二十八这一天，农民们照样进城，蓑衣、箬帽等一切适应春耕生产的百货照样上市，并且吸引着外地的医卜星相、跑马卖解，逐渐地万商云集。

皖南事变后，国民党旌德县政府害怕游击队进城，群众赶集活动被迫中断。1949 年 4 月 24 日，旌德宣告解放，第二天恰好是农历三月二十八，旌德城乡群众，尤其是游击区的三都、版书、白沙等地群众，拥入县城，花棍秧歌、宣传队土广播与传统习惯的"蓑衣箬帽会"融为一体，鞭炮锣鼓，欢庆解放。虽然之后政府提倡移风易俗，想改变原来的庙会日期，但大家已经习惯旧的，于是每年的"三月二十八"成了旌德县一个固有的节日，即使不通知、不发邀请书，各地商贩也会像候鸟一样，如期从四方拥到旌德。

原以为，交流会像每年的春节啊中秋节一样永远存在着，但后来超市渐渐多了，吃的玩的穿的啥都有，乡下的亲戚们外出务工了，跑上海跑广州甚至国外，手机上就能购物，价高的打折的一应俱全。忽然发现，生活中的交流会已经停办数年了。

想起一张新闻相片，几名工人正在拆卸北京故宫博物院售票处的牌子。那天起，北京故宫取消了现场售票，正式实行全网络售票，每天八万张门票全部网上销售，数百名售票员瞬间失业，印刷门票的厂家也失去了这项业务。旁边的配文是：淘汰你的，不是你的竞争对手，而是你自己是否要改变。

可是，如果失去三月二十八是一个改变，那是我不想要的改变。

当年你离家的路

　　每走旌歙古道，都觉得是一次穿越，时空穿越。

　　历史上，旌德县通往四邻的驿道主要有五条。其中旌歙古道跨旌德、太平、歙县、绩溪四县，军事和交通位置极其重要，故位居榜首。古道全长约三十里，始建于隋朝，是连接古徽州府和安庆府的重要官道。因其位于四地交界处，故有多个称呼，太平称为"隋唐古道"，歙县称为"徽青古道"，而旌德则称之为"旌歙古道""箬岭古道"。

　　旌歙古道的起点在白地镇高甲村，原来的上海三线厂所在地。穿过空荡荡的厂区，昔日的车间、办公楼寂然林立，褪色的充满热血的标语依稀可辨，生锈的水龙头、晾晒的栏杆，地上散落的旧饭票、啤酒瓶……似乎那群青春飞扬的年轻人刚刚离开……这小小的山沟，当年是多么繁荣，一大批都市下放知青在这里挥洒青春，把热血甚至生命都奉献给了大山。近年来，常有老知青故地重游，抚摸着裂

缝的墙壁、破损的窗户长叹不已！

　　似乎是一次次时空的穿越，绕过"旌歙古道"门楼，抬脚踏在千年的青石板上，耳边知青的笑声还未停歇，恍惚间又踏进了更久远的历史。

　　石阶幽径，绵延不绝，远远望去，古道几乎被埋在离离荒草中——"远芳侵古道"，还是古人的语言熨帖。

　　行走于古道，但见两边青山逶迤，山势挺拔，修竹密林，夹道而生。行至数百米，穿过一个毛竹林，毛竹修长而茂密，在古道上形成天然拱门，阳光被竹叶分割，柔弱地照在脸上，含蓄而斑驳。古道依右侧山势而修，竹林之后，随山而上，左侧渐为峡谷，探头俯视，古木参天，溪水纵流。

这是一条古驿道，也就是从前的国道，为递送军情及官府文书、官员过往和运送物资而设。早在唐时旌德就有驿道了，想来这是置县的一项基础建设吧。古时驿道广设邮传驿站，专管驿事，也为邮递人员歇力、接力及往来官员休息之所。明清时，一般十里设一铺，县设总铺，配置一定数量的传车和马匹，有管理驿铺的驿使和驿卒。旌德驿道均为石板路面，建设时路面尽量求平直和坚实，路宽一米五至两米，中间为行人道，旁边为马道，同行、相让无碍。

相传，旌歙古道是唐越国公汪华征调民众凿山开辟的通往沿江、中原的战略要道，也是重要的商道。"率计一岁中，行是岭者不下十数万人。"清代文学家洪亮吉在《新修箬岭道记》中记载了古道当年的繁盛。

徽州境内山多田少，山地及丘陵占十分之九，高耸陡绝，开垦艰难，即使勉力垦辟，收成也很难保障。唐宋以后，随着人口增多，粮食更是不足，百分之七十食粮仰赖江西和江浙供给。为获得换取粮食的货币，徽州人利用自然地理特点，植茶、造纸、制墨，开展多种经营，输出特产和手工业品，换回粮食，徽商也在一次次的交换中逐步成长起来。

最早有记载的徽州商人始于南唐，明代中叶以后至清乾隆末年为鼎盛时期，徽商的经营行业以盐、典、茶、木为多，活动范围遍及城乡，远至国外。

为了生活，徽商背井离乡，甚至刚刚娶亲便出家门，十年、三十年不归，回来时，连孙子都娶妻了！他们长年跋涉于外，行走四方，吃苦耐劳，百折不挠。《倪氏族谱》有句"一贾不利再贾，再贾不利三贾，三贾不利犹为厌焉"。

徽商以长途贩销的形式互通有无，使全国各地间商品流通渠道畅开，加强了各商品市场的联系；徽商以市、镇为起点，从事商业活动，对这些市、镇的兴起和繁荣起到了积极作用，创造了"无徽不成镇"的神话。

这绵延不绝的石板路，当时就是一条经济风情长廊，何等繁忙兴旺！而今，当我们在古道上徜徉，仿佛穿行于历史的隧道，身边一个个马帮、商人、行者来回穿梭，耳畔"嗒嗒嗒"的马蹄声，随着山风悠悠传开，回荡在山谷……或经商、或求学，无数徽州人背负着梦想，从这里走向远方。

古也好，今也好，转过身，迈开脚，路在前方，家在身后，而乡愁，就堆积在了心中。实际上，乡愁有时只是一条路，游子在这头，家在那头。

一边追忆、一边行路。上行五里，一座凉亭呈现在眼前，一旁的引导标识上写着："五里洞，明代建筑，商人叶大泰捐银建亭，供行人小憩。" 整个石洞凉亭骑路而修，洞内壁嵌有石碑，时光抹平了碑上文字，难以辨识。千百年前，从古道走出大山的人们，就在这里歇脚乘凉、躲风避雨。拾石而坐，臆想当年离家的徽州人穿梭于此，相互攀谈，是怎样一幅融融画面呢！

"五里洞"向上的道路开始陡起来，山路两边的树木也越来越密，山涧溪水淙淙，侧耳聆听，溪水仿佛就在脚下，伴随着足迹一路向前。古道旁一小块平地上，一石柱赫然屹立。柱身镌刻着"南无阿弥陀佛"字样，当地老百姓称之为"如来柱"。相传该柱是如来佛祖所立，

※ 古道石洞

可保佑八方来客旅途平安、生意兴隆。旧时天旱，百姓抬着祭祀物品上山，在石柱下祭拜求雨，因此，柱前还有个长条石的祭台。

五里洞、如来柱，这些地名只不过是某个点的符号，真正的景色一路都在细水长流地演绎着。

拾阶而上，渐渐走到半山腰，古道顺着山形时起时伏，吹面的秋风似乎也微微荡漾了。古道由一块块天然石头铺就，被脚步、风雨与岁月打磨得光滑柔润，有的淡绿、有的微黑、有的雪白，在这个色彩丰富的季节斑斓着，一只山雀在堆积的落叶上闲庭信步，无视于我们的脚步，自顾自地聆听溪水轻唱。

古道的设计很是周全，路旁一块大石头上还刻有象棋棋盘，楚河汉界清晰可见，凝视良久，耳边传来博弈声，恍惚间又一次穿越了！古道每隔五六里，便会设一个茶亭，说亭其实是窑洞似的构造，两面垒石，一面依山，上用块石拱顶。茶亭多因年久失修，坍塌成断垣残壁，面容尚不可辨，名称更无所闻，但茶亭的存在不过是让行人有个歇脚之处，并不在意是否被记住。

"靠壁洞"也是这样。这座清代建筑，拱顶石亭，花岗岩砌筑，洞壁有"当境土地"四字，除了歇脚，还可方便没钱住驿站的穷人住宿休息。朴素的"靠壁"二字，如一个温厚的肩膀，让人心头涌起多少暖意！古徽州就是这样，接纳、包容、怜悯、仁慈。

古道在群山之间迂回盘绕，十余里山路不久就抛在身后，终于来到了古道制高点——天星洞。天星洞横架两山，互通四方，站在关口，顿觉云生脚下，山风疾劲，远眺四周，莽莽群山尽在眼底。正是深秋时节，到处色彩浓艳，季节如一个热爱生活的画家，浓墨重彩地渲染着，或者金黄，或者鲜红，或者深褐，一大片一大片放肆铺张，层层叠叠，有层次有面积，看得大快人心！仅用美已无法形容，视觉强大的冲击带动着全身心愉悦，发自内心地爽快！

天星洞是旌德和歙县的分界岭，站在旌德方向的洞口，远望铁帽山在云雾中隐现。铁帽山的山形非常独特，山头尖尖如金字塔，

※ 暮归

※岁月

整个山体呈铁灰色，又像一顶顶铁帽子。山脚下是星罗棋布的村庄，白的壁、黑的马头墙，河流绿带般缠绕，鸡犬相闻，炊烟袅袅，如世外桃源。真庆幸这里是我的家乡，我是如此地爱她！古道村庄，一草一木，都在我的血液中流淌。

历经一千四百多年沧桑岁月，古道每一处建筑都标注着历史，每一处洞亭都蕴藏着文化。踏着被岁月打磨的圆润光滑的石板道，如同踩在历史的脊背上，来一次古今对话。

古道延绵的远方有一方深塘，叫"留杯凼"。神奇的名字有神奇的故事。据说那里曾是一个村庄，一日村里来了一个乞丐，乞讨数家未果，又饿又累。这时一个女孩将他的破杯子拿去，进屋盛饭，出门时却见乞丐走远了。女孩捧着饭追，追出数里忽听身后巨响，回头一看，山洪暴发，瞬间村庄全被淹没……虽是故事，但晴朗之日，确能看见塘底房顶、断梁，甚至破损的石狮。这淹没的村庄到底有着怎样的故事？它的时间定格在了哪一天？每次从塘边走过，它都神秘地吸引着我。古道是知道这一切的，却无法诉说。

晒着正午的太阳，徒步于大山之中，心旷神怡。远处的黄山诸峰尽收眼底，光明顶的气象台闪耀着银光，不觉吟起明代诗人胡沛然的《度箬岭望黄山》：千回鸟道萦青嶂，一啸鸾音落彩霞。山气出云浑作雨，泉声佛树半成花。到来丘壑酬心赏，别去风尘上鬓华。三十六峰看咫尺，欲从轩后问丹砂。

不过几里地便沿山而下，穿行于密林之中，路变成了羊肠小道，我们似精灵一般跳跃在莽莽山中。古道从一侧山腰穿过山脊的垭口继续在另一侧的山腰间曲折蜿蜒，沿途的古建筑遗址、残垣断壁依稀可见。

前方有一堵关隘横架两山之间，走近巨石垒砌的城墙细看，竟有十多米厚，中有一弧形门洞。站在洞口，凉风习习，入洞，洞壁有一通口可上城墙之顶，顶上原是个楼阁，古时守关的哨卡。城墙、门洞均是防御作战之用，守得此地真乃一夫当关、万夫莫开。此地名为箬岭关，为"府治"屏障。

　　箬岭是徽青古道和旌歙古道的交汇处,自万山环抱中的古徽州自此向北下青阳入长江,向东则进入青弋江水系。曾经,多少徽骆驼载着财富梦想,载着家和乡愁,寂寞地走过官道、穿过丛林、越过山岭,如一只孤篷飘在欸欸江流中。脚下沉默的石板路,是沧桑百年间一位不语的看客,见证了游子离家时站在山冈上的一次次回望,见证了游子归途中晨霭里一声声呼喊。千百年后,我们用脚步去翻阅这古道,还能读出亘古不变的家园乡愁。

　　不远处有座残桥,桥下早已无水,桥面荒草蔓延,桥边有个洞口,信步向前,抬头可见洞门上方石匾刻有"旺子洞"三个大字。古时那些久婚不育的女子为了传宗接代、延续香火,便到旺子洞来敬奉。

※ 重走旌歙古道

桥的那头一株古树被雷电击倒，通身如漆，却依然活着，向空中伸着嶙峋枝干。树枝掩映处，依稀一堵石墙，墙上长满了杂树小草，顺墙而行。向东约五丈有一扇石门，压在门顶上方的长方形石板上刻了几个字，拨开荒草辨认许久，方认出是"老庵驿站"。穿过石门，一座废弃的房基出现在眼前，四面用山里的片石和块石垒砌六尺多高的石墙。这是一个什么遗址？仔细从地上散落的只瓦片砖上寻找，在残存的隐约文字上知道了这个唯一不是官方驿站的来历。

一个徽州女人凄婉的爱情被剥开……女人结婚后的第二天，丈夫离别妻子，踏上了旌歙古道，前往江浙一带经商。如千万个徽州女人一样，嫁给了徽商，就是嫁给了等待和寂寞……这个徽娘一等就是数年，终不见丈夫回来。思夫心切，为了便于打探丈夫的消息，徽娘在旌歙古道上搭了个茅草房，摆了个茶摊，免费供应过往的徽商。有位徽商知道了她的故事，被其感动，出资在这里给她建造了几间石屋。屋前桥头，曾常年夜设路灯，为不知哪天回家的丈夫照明……寒来暑往，徽娘一直没能等到丈夫，最终老死在古道上，留下了几间残屋和这段残缺的爱情故事。为了纪念徽娘的贞节，人们将石屋改为老庵庙。明末清初时，又将老庵庙改为驿站，成了过往官员览景和邮差休息、住宿的客栈。

听到这个故事，心突然就被揪住了，几乎无力向前。

数十年如一日，她说得最多的那句话：你见到我丈夫了吗？你见到我丈夫了吗？

你在哪里？你快回家！一夜欢聚，还没来得及拥有一个你的孩子，一夜欢聚，从一个徽女变成徽娘，用一天的时间爱你，却用了一辈子等你。

一天天的，看着熟悉的不熟悉的从眼前走过却没有你，看着叶生叶落却等不到你。

一头旺子洞，一头老庵庙，生活如此捉弄着这位可怜的女子，桥的那头，是个可望却永远够不到的彼岸。

我不知道那个丈夫，是早已与新欢锦衣玉食，遗忘了家中苦等

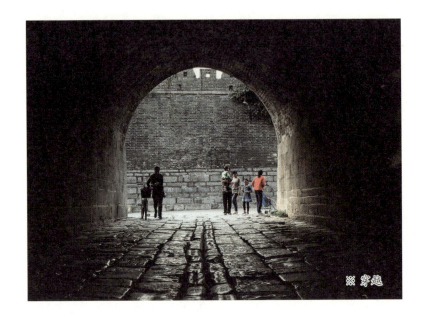

※ 穿越

的发妻，还是早已客死他乡，临终前还呼唤着妻子的名字。我情愿是后者。我不知道这位徽娘，在当年你离家的路上，等待、守望，在年复一年的望眼欲穿中，看着青丝变白发，看着皱纹上额头，是怎样的辛酸、焦虑与绝望？一座残桥，两种命运，多少女人用一生也没走近桥那头的幸福！

　　爱如古桥，而桥只能是桥，不能是路伸向远方，只能守着时光的流水，心中奔涌着绵绵岁月无尽的哀愁；爱如古树，但有些树，只能被冷落，不能成为栋梁，以其曲敧疏斜的疼痛、俯仰偃仆之长叹，四季迎风。

千百年的岁月轻轻翻过，行走的客商，等待的徽娘，马蹄声，谈笑声，还有那水底的村庄……烟消云散。当时过境迁、沧海桑田，桥依旧，树依旧，风景依然是当初的风景，不见了当年的风雨兼程，消失了当年的车水马龙。

渐近黄昏，心绪如满天乱云，随风舒卷，茫然间，在屋外贫瘠的石缝里发现了一株野杜鹃！沧桑古朴的枝丫，横陈斜逸，遒劲优美，几片小叶早已焦黄，枝头仅留花一朵，花瓣也略成焦色，虽然瘦小，花儿却高举着，旖旎盛开，恣肆地怒放着生命，不知是她遗忘了季节，还是季节遗忘了她！不在意谁来欣赏，兀自绽放，在这万花凋落的秋天里，缔造着阴阳交结的美丽。你错过了我的花期，我还在

※ 回望

执着地等你！淡然看身边花开花落、聚聚合合，独自平静地在热闹与孤寂中穿梭，守着内心真情，为自己、为所爱的人开放。爱本来就是自己的选择，回应已不再重要，一天也罢，一年也罢，一生也罢，为自己的爱苦守着，本身就是一种幸福！

一条古道，一个女人，一生和一瞬。

画中是不是你的家

　　无论古代还是现代，那个叫"朱旺"的村子一直就是一幅画。

　　村外一条河，名为大溪；村中一条河，唤作朱溪。朱溪河穿村而行，清绿的河水分出两岸临水而栖的人家，青砖黛瓦、错落有致。连接河两岸的是一座座石桥，三四块长石铺就，桥面光滑整洁。与别处拱起的桥不同，这里的桥面与沿河两岸的石板路齐平，和谐地融入路中。桥下，红的青的小鱼结着伴儿自在游弋，麻花辫的少女捶打着衣物；桥上，孩子欢快地跑过，正在打盹的花猫被惊醒，警觉地抬起头来。河边美人靠，一个老妇人静静坐着，看河面，看行人，目光祥和，似乎她一辈子都没有离开过村子，安定的面容与村外的喧嚣大相径庭。

　　如果仔细地读，旌德的村子，个个都是画，而朱旺，是一幅幽雅的水墨画。在踏入村子的那一刻，就仿佛进了画里，尘世的疲惫和焦灼瞬间消失,内心安宁。

挨着朱旺还有两个村子:汤村和乔亭。有句话:"十里三村,三村三多。"朱旺村的桥多,汤村的巷子多,乔亭的石坎多。

朱溪河上横着十三座石桥,河中九口井,"九井十三桥"成了朱旺村一帧独特的风景,而更独特的,是井竟然建在河中!除了如画的朱旺,谁还会这样修建?井水四季清亮、冬暖夏凉,储存了几百年的陈年往事,掬一捧入口,醇厚甘甜。上了年纪的青苔靠在井壁上看来往的脚步,在夕阳照进来的时候,晒晒收藏的影子。传说那句"井水不犯河水"就出自朱旺村。无论晴雨,无论河水清浊急缓,

※ 朱旺初雪

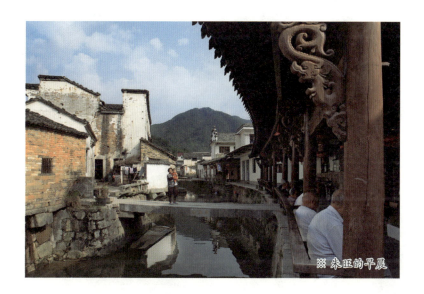

※ 朱旺的早晨

九口井里盛满着自己的水，清冽透彻，波澜不惊，如出污泥而不染的莲花，或者说，朱溪河把它们当成心脏，呵护得清如明镜。

每个水珠都有一个传说，如果倚在河边美人靠上，村里的老人一定会和你说成皇公的故事：成皇公在杭州开了当铺，过年回家，夫人说村里的酱油卖完了，让他去镇上买酱油去。他说，镇上太远，我到西湖打酱油去！说完转身跳进河中的井里，不一会儿便从井中爬上来，拎着一瓶酱油回家。这河井，竟直通西湖。

我认真地向每口井里看过，也期待着能冒出个人来，但至今没有。

朱旺村子不大，历史的实物也支离破碎，但地方史志对朱旺的富庶却有证据确凿的记载。朱旺人素来重视经商，曾有菜子、兴隆、

※ 朱旺村水街

※ 家在朱旺

乾元、庆丰等商号。一个小小的村庄，拥有这么多商号，实属罕见。朱旺的老街至今仍有商号的气息。清嘉庆十年（1805 年），县城孔庙倾敧朽坏，朱旺村附贡生朱则汉偕其弟等人，呈请独立修建，规模较旧更宏敞，工材倍加壮丽，费银三万两，事迹勒石留存。

朱旺村建村近千年，朱姓居多，系南宋朱熹后裔。作为理学家后代，朱旺村人不仅经商有道，对村庄的规划建设以及教育也十分重视。

朱旺村整齐的街道规划始于明清时期，河畔的明清建筑至今仍有四五十座。村里统一的徽派老屋，小桥流水，亭台楼阁，沿河建数处"美人靠"，水井、下水道布局考究，甚至河边还立着"禁倒垃圾"

之类的告示牌。

关于教育，朱旺有句谚语："穷不丢猪，富不丢书。"当年的毛国山学堂、凫山书院、长房学堂等读书的地方都有相当的规模。富商们捐资办学蔚然成风，朱氏宗祠专门划出一千亩良田归学校收租作费用，故上学无须缴纳学费，穷人家的孩子还有补贴。后来庄严的宗祠竟也辟成了学校，可见朱旺人是多么重视教育。如今朱溪河边的私家书院布局依然完整，学子们琅琅诵读声仍不绝于耳。

浓厚的教育氛围自然能走出优秀的学子，著名经济学家朱剑农

※朱旺有喜

就是从这个村子走出来的。

依山傍水的朱旺村，历来有上下两村之说。道是：一村分上下，上下是两都。上村十四都，下村十五都。当地这样的区域划分，在古时是绝无仅有的，于是，又有了故事：朱姓两兄弟不和，发誓"生不共都，死不同祠"。因而，朱氏宗祠，也是上下村各一座。上村称"承启堂"，下村名"翠涣堂"。

两个祠堂气势恢宏，却风格各异。

"承启堂"为哥哥所建，取此名意为承上启下、传宗接代、香火延续。花岗岩大门雕栏画栋，门两边旗杆石上彩旗飘扬，门前青石铺成鸟兽图案，进门中间是个大天井，左右各厢房。上堂全是祖

※ 游弋水街

宗像及牌位，逢年过节，朱氏子孙都要来拜祭，闹别扭的、有矛盾的在这些个特殊日子都只能暂时抛开恨怨。"翠涣堂"是弟弟所建，昭示欣欣向荣、青春常驻。翠涣堂的规模比承启堂大，门前用麻石铺就一个大平台，一排整齐的荷花石柱雕栏，高高大大的月形照壁临大门而竖，照壁上是精细的砖雕，上有几十种花卉。进门正堂上，横挂一幅金匾，为钦点翰林朱则波所题的"朱氏宗祠"四个大字；后堂正上方也同样挂了块大匾，上书"翠涣堂"三个大字。前后进之间有楼层，楼上是藏书室。远看"翠涣堂"飞檐重阁，青墙黛瓦，屋脊上飞禽走兽，气派非凡。

明清时期，朱旺村很兴盛，石坊高耸，宗祠巍峨，庙宇香火缭绕，戏台鼓乐常鸣，商贾如云，店铺林立。直到民国，朱旺才逐渐败落。

不大的村子，除了好几个商号，还有四座庙宇，上村观音庙，中间太子庙，下村土地庙，村边还有龙王庙。这四个庙大小不一，各具特色，香火都很旺。每逢大旱，村民们便在龙王庙前求雨，赤膊赤脚的一群汉子，头戴柳叶帽，手持木棍，有节奏地跳着舞蹈，大声地吆喝，竟然真的就把雨给求来了。文山脚下的土地庙，据说庙里菩萨非常灵验，求官得官，求子得子，十里八村的村民都纷纷赶来敬香。九华山的高僧也曾多次身披袈裟前来做佛事，文山脚搭了一百多间草棚，为前来烧香的人供斋饭。上村的观音庙规模虽小，

理发室

※ 朱旺老哥俩

却很有特色。庙建在河岸，庙基距河面四米，庙下是鸭深潭，清澈见底，传说是观音娘娘的洗脚盆呢。村中的太子庙，建在万年台的对面。万年台是古戏台，始建于明末，后清、民国两度重修。这是朱旺村最热闹的地方，徽州戏班子多，南来北往的古戏班子常到万年台唱戏，演出前都要去太子庙敬香。常年的舞台演出，带动了周边经济，茶楼、酒店、商店生意兴隆，朱旺也越发富庶起来。

朱旺的富庶随处可见。一户人家，门上方墙上镶刻有二十四朵向日葵，代表二十四节气，形状各异，雕工精美，一看便知是奢侈品。一幢古屋，临街墙上开个小窗口，来访者须从窗口递入名刺，主人审核批准方可拜访。如此高端大气的细节在这个村子俯拾皆是。但是朱旺，我更喜欢现在的样子，历尽了沧桑，简单成了一幅画，静静地随日出日落变换着颜色。

想起一个朋友介绍自己在朱旺的家：朱溪河边，画一样的老房子。这样说来，每一处房子都可能是她的家。

那个叫俞的村子

　　我喜欢管那个地方叫"俞"，那是个村子，村里人多姓俞。我一个姓俞的朋友家也在那里，我也叫他"俞"。

　　村子在旌德县城东北十千米。境内有乌岭，明朝曾设乌岭巡检司。明嘉靖《宁国府志》记载："地形险要，明季兵燹，旌典史兰之鼎率民兵扼险把守……邑赖以安。"又有龙峰山，山有流泉，如银河

※ 牧牛

※ 俞村之秋

流泻，游人视若庐山胜景。龙峰山脚人称"鬼门关"。太平天国末期，太平军在此作战，横尸成山，血流成河。旌德寺庙颇多，俞村也不例外。龙峰山顶曾建有寺庙，现寺庙已毁，断壁残垣仍在，庙前石碑依旧，碑文上记载该庙建于乾隆二十四年（1759 年），寺庙旁一口水塘，一眼小水井，数百年来，从不干涸。

如果把龙峰比作一个伟丈夫，那鹤渚则是个娟秀女子了。古时的名字多么优美：鹤栖息的洲渚。想起那句诗"行过鹤渚知堪住，家在龙沙意有违"。"鹤渚"又名环溪，河水清泠皎洁，绕山而去。曾经是否有鹤在此栖息？萋萋芳草中寻觅，却不见踪影。远望鹤渚，碧树黄花之旁，氤氲水面之上，恍惚一只白鹤飞来，俯着优美的脖子梳理着如雪的羽毛……

河上，有建于宋淳熙初年的九间桥及明天启四年（1624年）的三间桥——用"间"来形容桥必有缘由。桥系木制，两条长凳穿柱而过，为行人休憩所用；桥两边一米高的半封闭式栏杆，可凭栏远眺；为方便路人避雨，桥上盖青瓦，远观如房。盖三间者称"三间桥"，九间者称"九间桥"。又称"善事桥"。功成名就之人常用为家乡修路建桥来表达心意，古时也是。九间桥由当时村中知名人士俞成义、俞宅寿捐银初建，后几次重建。《俞村宗谱》记载："九，阳数也；水，阴数也，取阴阳相济之义也。自古兴筑间架，例用奇数。"古人就是这样，把文化的精髓悄然渗入到生活的细节中，不露声色。

九间桥的圆桥墩颇具特色。据说原是尖的，如同所有桥墩一般，

※善事

但屡建屡倒，后偶一卖猪人路过，称应建成猪笼状，遂依言修成椭圆形，果然坚固。九间桥头，为富人施舍之地。有穷人故去，无钱购置棺木，富人便买些薄皮棺放于桥头，需者自取。"善事桥"名副其实。善良是生生不息的温暖，从古到今，手手相传。你是否知道"墙上的咖啡"？那是始于意大利的一种善良：去咖啡店，你可以多点一杯，贴在墙上——当然是贴一张小纸条，写着"一杯咖啡"。需要又无钱购买的人来到咖啡店，告诉服务生"来一杯墙上的咖啡"，服务生会将墙上这张纸揭下，以惯有的恭敬给他端上一杯，丝毫不会怠慢。这种捐爱的方式在世界很多地方流行开来。当我们享用美好的东西时，应该想到，有些人也希望享用，却无力支付。那位付不起咖啡的人，无须降低尊严讨要，看看墙上即可。多付款的那杯叫待用咖啡，你付了钱，但不知道谁取走，而你并不在意，这就是

※ 烟笼村庄

※ 俞村凫阳

我们所在的流动着爱和美的世界。意大利并不知道"善事桥"，喝咖啡的人也不知道，但桥头的薄皮棺却和这杯咖啡有异曲同工之妙，因为那个叫"爱"的语言从来不需翻译，古人懂，今人懂，动物也懂，那是世间万物通用的情感。

因其山川秀丽，俞村一直为古代文人寻幽会友的胜地，文人们携手相游，对酒当歌，春赏山色夏赏莲，秋赏红叶冬赏雪，写下许多脍炙人口的好诗，如《冬雪》《梅庄》，还有两首著名回文诗《雪夜》《秋夜早行》，内中精雅名句，今人也时常吟诵。《俞氏宗谱》至今还收有咏溪南八景诗，其八景分别为"菊潭鱼跃""柳岸莺歌""梵峰文笔""沈峒茶烟""净土晓钟""环溪带玉""马鞍积雪""鸡石涵波"，名字个个激发诗意。明代梅庄和翠微山庄，曾为文人墨客切磋诗文之地，俞宏宗还写了《游翠微山庄》诗。

村里至今留着"莲花峰外史"周赟《光绪甲辰年七十书怀》墨宝一帧："沧桑阅历古稀年，寿世文章本绍先。三字经连千字读，六声韵共四口传。紫阳道脉看山色，赤子生机在井边。冷落一官何足道，承家唯望子孙贤。"

与这幅墨宝一同保存的，还有一幅歙县同僚汪尚皆赠周赟的《鱼图》，系其八十一岁所画。周赟题曰："古未见画鱼名家者，歙浦汪子涛乃为专门，得庄生趣，予庄新安数载，始得此幅，今尹年逾八旬，此画更难得矣。"在三十厘米宽、近一米长的绢上，画有十三条阔嘴长条鱼，诸鱼形态各异，或游于水底，或戏于草中，或藏于石下，栩栩如生，呼之欲出。站在画前，似乎还能闻到淡淡墨香。

　　似乎是随意，抑或是刻意，这个村子将自己的历史与文化，不经意地散落在某个拐角，某幢屋前，某户人家，甚至某块菜地旁。一只大写意的青石狮子，只略略雕出了姿势及脸部轮廓的大概，却

※环溪带玉

※ 俞村秋收

如此传神地突兀在眼前；一块长方形麻石板，凿出五个长格，无人知道它的来历、它的用途，就这样被默默置放在路旁；还有那随处可见的古井，有沿的，无沿的，里外都圆的，外圆内方的……

据《俞氏宗谱》记载：唐末俞晃因避黄巢起义军兵锋，由歙县黄墩迁居龙峰，以后子孙繁衍，聚族而居，名其里为俞村。如此算来，俞村至今已有一千一百多年的历史了。

俞村俞氏经商者甚众，足迹遍布江浙，业务日益兴旺，并于咸丰初在本村开设了名噪一时的"永丰典铺"。俞村日益成为繁华的街市。

俞氏宗祠是旌德有名的五大宗祠之一，建于明朝后期。坐南朝北，总面积五百四十平方米，砖木结构，屋柱众多，用材硕大，共二进五开间。头进两侧有阁楼，中设天井，后进有大厅、议事大厅，专为召开家族大会、商议族中大事、祭祀等所用。鼎盛时期，俞氏宗祠的耗费需由一千亩土地来供给。举行家族活动时，俞氏子孙济济一堂，中餐时每人发一斤肉、四个麻饼；读书者翻一番，考取者再翻番，以此激励子孙努力学习。宗祠门墙两侧，每侧两块石砖，每块长一米，用料极为讲究，用泥过浆、沉淀、滤数次，以细泥茸特技烧制，细磨成坯。该砖细、匀、硬、韧、色泽纯青，敲之"铿铿"有声，如千年沉木。四块砖上刻有唐郭子仪九代百人图，精雕细镂，约半指深，人物清晰、神态逼真。

　　关于祠堂大梁还有一个美丽的传说：按当地风俗，梁木不能自己购买，须由别人，最好是当地知名人士赠送，而且接受了便非用

※ 万花深处有人家

不可。俞氏宗祠的梁木当时由知县所赠，材大料好，谁知丈量后发现短了一点，怎么办呢？眼见工期逼近，木匠师傅心急如焚，愁眉不展。忽一日，来了位衣裳褴褛的乞丐。木匠是个心地善良的人，虽然自己有心思，仍热情地接待了他，乞丐要吃鱼，遂煎鱼端上，要喝酒，立刻去买。可待木匠买酒回来，乞丐却不见了踪影。桌上饭菜依旧，只是一根筷子两端插在两条鱼嘴里。木匠本也聪明，立即恍然，原来乞丐便是祖师鲁班前来点拨。木匠雕出两条木鱼，张开的嘴巴正好连接住梁木两端……善良总会有福报，民风淳朴的徽州，用一个个故事来激励善良的流传。

俞氏族人曾有一个古老的节日"大王会"，在农历九月初九举

※ 老手艺人

※ 寻觅

行，共七天。由当地专业的师傅扎出大王、小王，以檀木为骨架，外罩绸缎，如真人一般高，供奉起来。又扎出"五昌""五帝"。"大王会"开始时，族人吃素三日，烧"五昌"神，再吃素三日，烧"五帝"神。到初九那天，由家族中德高望重之人将大小王背上，从祠堂桥往前跑，族人奋力去追，争相抢夺，据说先抢到者当年定能鸿运当道、事事如意。"抢王"结束后，将大小王放在纸船上，点火烧着，让船顺河而下。据说下游有个叫胡良父的强人，霸河占路，一夜抢当铺数家。为使大小王顺利漂走，村人还要在船上扎几个金银元宝箱，一同焚烧，以此贿赂。这样一个情节，给原本丰富生动的节日添加了悬念。

如今，"大王会"早已不再举行，但每逢农历九月初九，村里长者们还会聚集在一起，津津乐道此事，追忆往昔的悠悠岁月。

我知道，对于一个村庄来说，俞村是很平常的，但一个地方之所以有它的意义，往往因为一个人，你会因为一个人而去关注、去了解、去回忆。穿梭于老街的青石路上，一半寻找古人足迹，一半寻找朋友俞的足迹。第一次来俞村是和他一起，我们骑着车，踏着春光和俞村相识，如今这个村子，我熟悉它的每一幢房子，但当年熟悉的朋友，却不知身在何方。

走在徽州女子出嫁的路上

　　说是要寻访江冬秀当年嫁去胡适走过的路，在这雨后初霁的春晨，倒是一个不错的建议。

　　雨下得太久了，太阳还没完全睁开眼，有些木木的，雾倒是鲜活，甩动宽大的水袖，随风曼舞，树啊山啊，塔啊寺啊，在雾里流淌一般，活生生地动了起来。

　　江冬秀的娘家在江氏宗祠东侧，与江泽涵故居一坡相邻。和所有古徽州民居一样，黛瓦白墙。年岁久了，墙面斑驳泛黄。

　　走进寂静的院子，一百年前喜庆的喧嚣回响在耳边……谈笑声、爆竹声，一定还有哭声。哭嫁是徽州的传统，女孩子出嫁时做娘的一定得哭，不管嗓音如何，是否识字。养闺女的女人天生就有这个禀赋，一边哭一边唱，从孩子出生唱到未来，人生几十年唱完，故事说明白了，今后也交代清楚了，还句句押韵。

哭唱从迎亲队伍走到新娘家门前开始，爆竹一响母亲立即扯开嗓子——"宝宝妮妮啊！"作为开场白，妮妮是女儿的意思，一定要用方言，然后开始交代："到人家去嘛，手也快来脚也快，孝顺公婆天样高，顺从丈夫路样长……宝宝妮妮啊……"

其实这种交代出嫁头天晚上就开始了，当地叫"安位"。娘家未婚姑娘中挑七位，连同新娘围坐一八仙桌，母亲向新娘敬酒，然后——"宝宝妮妮啊，今家吃个团圆酒嘛，明天去人家嘛，一团和气哦……"

第二天出嫁，从新郎来接一直到离家，母亲一直哭唱，要说的话即兴编成词，婉婉转转，回肠荡气，新娘子心里再高兴也得忍着，

※ 旌德民俗——哭嫁

配合着流眼泪。小时候的我曾暗自担心，怕结婚时流不出泪来。做母亲的泪想来很真实，那时的婚姻皆为父母之命、媒妁之言，如一场赌博，赌注无价，"女怕嫁错郎"，辛苦养大的女儿，接下来的命运会如何谁又能知道？

　　江家是传统的大户人家，哭嫁是必不可少的。新郎虽是个洋博士，但挡不住丈母娘或真或假的眼泪。

　　上得花轿，母亲的眼泪和祝福留在了身后。

　　江家门前一方池塘，去年的残荷三三两两地斜插在泥里，仿佛还没从连日的雨声中缓过来，茫然着。绕过池塘，往三节村的方向，开始了这位徽州女子的嫁途。如今在我们的脚下，已是宽的水泥路了，

※ 喜庆花轿

不远处的汽车声，执拗地把思绪一次次拉回现代。

在水库边的草地上，春日终于缓过劲来，舒舒服服地晒了一通，准备开始翻越"大会山"，山那头是江冬秀的婆家，绩溪上庄。

转一个弯——还没明白过来，就走进了冬天。

到处都是皑皑的，若不是身上阳光的余温还在，真的以为一直就是冬，去年的冬直到现在，春天从来就不曾来过。在这个冬的地方，我们也惊喜地看见了兀然出现的石板路，但路的开端并不在我们脚下，而是头顶——隐在路边坡上一人多高的草丛里，虽泥泞不堪，

※ 前路茫茫

仍有同行勇士攀上去，幸福骄傲地走着。不过勇士的执着未能改变现实，历史的道路没有延续多久，几米之后便被荆棘取代，待我们沿着阳光大道走到山腰之时，勇士们也万般艰辛地与大部队会师。

地上一片莹白闪耀，除了积雪，还有据说是含水晶的矿，剔透的小颗粒含在白的石中，煽动着，诱惑着……一路走着，有抬眼看天者，有环顾观雪者，也有低头寻石者。

"鹰！"谁的惊呼集中了大家的目光，果有苍鹰远处盘旋，自如自信，以一种搏击的姿态舞蹈着。之前从未见过野外真实的鹰，虽有些远，仍被这力量之舞震撼了。苍穹中翱翔的鹰，荒野里惊慌乱窜的兔，甚至漫不经心匍匐的野藤……其实他们，才是这自然真正的主人，而我们，包括小脚的江冬秀，包括长衫的胡适，是不请自到的客，是不被欢迎的入侵者，在他们的领土上放肆着我们的粗鲁。当我们被城市的喧嚣挤兑，寻找一片净土去放松心灵时，不经意间，却打扰了他们的宁静。

峰回路转，先行者已走上了山顶。山顶不是尖的，而是一条缓缓的路，竟然还有一大片的草地，出乎意料的风景几乎使我们忘了草地下面是刚刚艰难爬过的山。此时暖阳高照，完全是春的感觉，几分钟前才走过的皑皑白雪，似乎已是很遥远的记忆了。天是那种浓浓的蓝，厚重、沉静，看着看着，内心便升腾出一种莫名的喜悦，真恨不得拿把小刀将这蓝切成一小块一小块，吃了去……本来已经够美了，却又飘来一片洁白的云，那么恰当地飘着，你真的不知怎样融入这美景中才好啊！

下山更利于观景，因为有精力与好的地势，一大片一大片的绿淋漓尽致，看得大快人心！远处有春天提早上门的，油菜花三三两两地开了，星星点点地黄着，更远处，雾蒙蒙的东一片西一片粉，那是野花，但我至今不知那是桃子还是樱桃。这山应该是比较陡的，探头往路边看，总能看见树的顶，于是乱想，当年江氏坐在轿中岂不紧握轿杆，花容失色？

在村中农户家歇脚吃干粮，补充体能，喝着大碗的山泉，又乱想：一气抬了那么久，江氏是否也曾在此歇脚，向村民讨碗水喝？
这样想着，脑中便浮现出青春秀儿圆圆的脸，盈满了笑意……

　　这个村叫旺川，已是绩溪地界，而那长的几乎完整的古道就在
这里被发现了，曲折在离我们数米远的坡下，亲切地召唤着我们，
我们纷纷抛下正走的水泥大道，向古道扑了过去。一踏上青的石板，
仿佛就踏进了历史，长长短短，宽宽窄窄，虽然岁月一次次地冲刷，
但我们仍知道，当年，它曾印过江冬秀与胡适的足迹。路边空地，
一座小亭，也许都是他们歇脚的地方。这位羞涩的出嫁女，是否曾
走出花轿，遥遥回望已看不见的家乡？或者，采一朵不知名的野花，
插在清晨新盘的鬓上？

※ 旌歙古道

古树，小河，石桥，它们见证了历史，却选择了沉默，它们睿智地静守着,豁达地包容着,看一个又一个的生命在它们的眼前成长、怒放、凋零。

接下来的石路平坦又整齐，对于一条历经沧桑的古道来说，一场场风雨算得了什么？一次次踩踏算得了什么？多少年过去了，岁月似乎并不曾在它身上留下什么痕迹，它存在着，依然存在着。

离上庄越来越近了，风中几乎传来锣鼓喧嚣的声音，美丽的新娘心跳得越发厉害，这位打小定亲却并不了解的男子是自己一生的佳偶吗？

夕阳将青石路染成暖暖的棕色，古道悠长静谧，年轻的江冬秀就从这里，走向自己未知的命运。

把名字刻入历史需要多久

　　敢叫"金鳌"的村子一定是不同凡响的。江村还有个名字就叫"金鳌"。

　　你可以不知道旌德，但你不会不知道江村。

　　一个地方若是出名，无非两点：要么景，要么人。江村是后者，这个历史文化名村，为了培育人才，注重到每个细枝末节。村里人

※ 村景

多姓江：最早辅助大禹治水的伯益，儿子玄仲，被封于江地，是为江氏始祖；其后人文学家江淹任宣城太守；江淹之后江韶是位风水学家，遍游黄山、白岳，发现旌德金鳌山浑然淳厚，有蓬勃不可遏之势，是块不可多得的风水宝地，于是举家迁徙卜居旌西金鳌山建村族居，始称江村。

村口的聚秀湖为江村的风水学拉开了序幕。

聚秀湖为明代兴建的人工湖，如一把金锁，左右两边的龙溪、凤溪是条金链，意在锁住江村的灵气和福气。江村的水口是很有讲究的：源于金鳌山的两股溪水，从村的两旁流出在村口汇聚，另一条从山上引下来的小溪又迂回往村里流去。这样的设计寓意显而易见：走出去，引进来。风水的哲学，在这里运用得恰到好处。世间之水多为东流，而江村的水则向西流。溪水的行走路线，按着人的需要，顺着各家大门或绕过后门点着户头前行，每隔四五十步设一道水闸，让静流的溪水有了歌唱的机会。

据说好的风水宝地必须具备三个条件：来龙足；环抱紧；朝向远但案台近。

江村东侧是金鳌山，背靠黄高峰，青山披绿，云腾雾涌，果然来龙足。奇的是，金鳌山离湖数千米，倒影却清晰在湖中，触手可及。

聚秀湖左边狮山如朝大路仆卧的雄狮；右边象山，形如大象的象头、象鼻，整个村庄有青狮、白象严守水口，村内地势宽而舒平，似一聚宝盆。金鳌山的厚足灵气尽销村内。

江村坐东朝西，村外开阔宽广，极目远到可见黄山光明顶，近处案台看羊山却近在眼前，故有"狮象两边走，聚秀锁水口。宝鼎当中坐，高官代代有"的诗咏。

聚秀湖一侧弯如弓，将村中有志之士射向远方。湖中一半岛，岛上立牌坊，湖旁建古塔，周旁诗碑堤栏，垂柳秀荷，相映成画。湖水氤氲，文气香馨，是江村千年不竭的文脉之源。如果把聚秀湖当成一方砚，牌坊如墨，那古塔恰似一支笔，在这个灵秀的村子书

※ 聚秀湖

写令人惊艳的篇章。扶着栏杆向湖中望去，会不由得惊叹于聚秀湖的水来——何等豁达的胸襟才能孕育出如此可爱的绿啊！绿得晶莹、绿得深情，如同一块未经雕琢的翡翠，闪着质朴的光芒，又沉积着江村人千年的文化，飘着古墨的芬芳。聚秀湖将一汪碧水，诉说得如此生动深沉。

山如眉黛，水似眼波，而云，如额前秀发，在山水之间轻轻拂过——如此明净而纯洁的美，除了江村，哪儿能找得到呢？"金鳌飞瀑""羊冈夕照""双溪夜月"，这些挡不住的诱惑如同一坛坛陈年老酒，在那个古老而充满传奇色彩的村落飘着酽酽醇香。

除了湖与溪，江村还有三十六口井和十二口塘，可见当时村子的繁盛。

的确，这个目前人口只有十多万的小县，所辖一个村子在咸丰初年即 1851 年，人口达八万，号称"小杭州"。

村中曾有宗祠九座，牌坊十八座，藏书万册。讲风水的地方都是重视人才培育的地方，江村"重诗书，勤课诵，多延名师以训子弟"。一堆数字可以看出村子的教育成果：明清时期，江村考取进士、举人、明经一百多人，授翰林院编修四人。民国初十年出学士、博士十八人。江氏金鳌派宗谱与封建社会最知名的两大家族，山东曲阜孔氏及前清皇帝爱新觉罗氏同被列为中国三大宗谱。

※ 江氏宗祠

　　厚积的历史文化孕育了江村英才：唐侍御史江全铭，明顺天府推官江文中，明湖广分巡江廷寄，明护理南河总督清河道江瀚，二品顶戴翰林编修江澍昀，内阁学士兼礼部侍郎二品顶戴江麟瑞，清代医学家"人痘接种法"发明者江希舜，清翰林编修、书法家江志伊，民国为国捐躯的海军将领江泽澍，《语丝》发起人之一、著名民俗学家江绍原，民国代总理、北京市特别市长江朝宗，民国安徽省长江绍杰，被美国威尔逊总统亲授博士衔的社会党领袖江亢虎，胡适夫人江冬秀，江泽民主席的养父、革命烈士江上青，著名数学家江泽涵等都出自江村。千百年来，江村的天空总闪烁着几颗星，岁月带不走那一串串熟悉的姓名。

祠堂里挂满了江氏优秀人才的画像。介绍他们的生平，只需寥
寥数语，但要把自己的名字写进江村的历史，也许需要他们一生的
努力。

江村有九座祠堂。"邑谷旧重宗法，姓各有祠，支分派别，复
为支祠。""宗祠"为同一姓氏的总祠；"支祠"是同一姓氏、同
一支脉繁衍的后代亲属所共建，如众星捧月般簇拥于宗祠周围。支
祠旁环绕着"家祠"，同一姓氏的直系亲属围绕着自己的家祠建造
住宅。纵观江村的韶公祠、江村总祠、溥公祠、孝子祠等八座祠堂，
其布局均循宗、支祠的远近关系。江村宗祠的繁多与经济的发达是
同步的。明代中叶以来，江村人"席丰履厚，田连阡陌，粟积仓箱"，

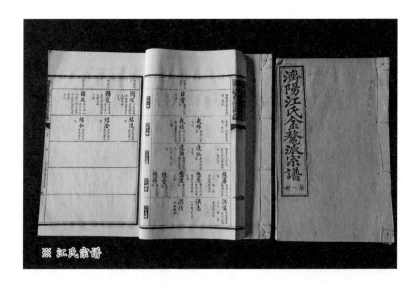

※ 江氏宗谱

"起家商贾，拥有百万厚资者"，纷纷扩置族田祠产，兴馆办学，使江村成为徽州村落的璀璨明珠。

建于明代的总祠方梁圆柱，飞檐重阁，气势恢宏，仅金匾就有数十块。

溥公祠前有照壁，又有荷花池，祠内雕梁画栋、殿庭雄伟，木雕、砖雕、石雕工艺精湛，寝堂台基高过一米，足以表达对慎终追远的虔诚。祠主江溥，明朝进士。

关于溥公祠，我很喜欢那个故事。寒冷的冬天，一个衣裳褴褛的少年投奔溥公，自称许国，父母双亡，家境贫寒，希望在江府上为仆。溥公见其年少，不忍安排重活，让孩子做少爷书童。许国伴读之际暗自发愤，寒来暑往，竟学有所成。某日先生外出留一作文题，许国替少爷代笔，先生回来一看：笔力独扛、波澜老成，定非少爷所写。问清缘由，告于溥公。溥公惜才爱才，遂鼎力相助，撕掉许国卖身契，让其专心读书，并资助银两，鼓励他参加科举考试。之后便如同大家期望的那样，许国一发不可收拾，高中进士，成为嘉靖、隆庆、万历三朝重臣、国之栋梁，后又晋升为少保，封武英殿大学士。而许国不忘溥公之恩，在其家乡歙县许村，几百年来，一直有这样的村规：凡江村人来到许村，必热情款待，倾力相帮。淳朴的人们，总是用美好的故事解释着"真善美"的真谛。

同样建于明代的孝子祠更是将对美德的颂扬以物的形式固定下来。祠内硕大的"孝"，如字如画，有形有意，浅显地讲述着简单又深刻的道理。

※ 笃修堂

祠堂外的老街铺着青石，岁月如一只手掌，将它抚摩得温润如玉。老街一对父子进士坊线条优美、古朴沧桑，因挨着民宅而数次逃过劫难，但太平天国的炮火仍在其身上留下了伤痕，这是同朝为官的江氏父子坊。父亲江汉七岁能文，二十二岁中天顺壬年文魁，明登成化壬辰八年进士，授

※ 江村老街父子进士坊

户部主事升员外郎中，钦差敕鲁王及云南赈济，简放湖广宝庆府致仕。其牌坊为二柱三楼石质，石雕上刻双凤，下刻麒麟及双狮戏珠。十七年后，江汉之子，同为进士的江文敏牌坊也在几步远建立，同样二柱三楼石质，横梁一面书"青云直上"，一面镌"金榜传芳"，"恩荣"昭耀其上。

我很难得用庄重的笔调描述一个乡村，这缘于对她的尊重，如同读书时，我对学习好的同学油然而生的那份敬意。不言自威，这是有着深厚文化底蕴的江村自带的气质。无论动荡还是和平的岁月，江村坚守着信念，一件件做着自己的事，兀自闪耀在徽州一隅。不

※ 世科坊

需要旖旎风光，不需要亭台水榭，人是江村的灵魂，江村细心呵护、培育着他们，一代又一代。

数学家江泽涵曾在《我的童年》中回忆说："我出生在旌德县的江村，地处皖南，隶属徽州。那里充满着浓厚的读书气息和纯朴的乡土情，我在桌前坐着读书时，推窗望出去，就是秀逸的青山，山峦青翠。长日里，我对着书，山对着我……江村祖居叫'悦心堂'，一族很多户人家聚居在这个大院子内，约有十进房屋，有一个公用的大堂屋。堂屋很大，下雨天孩子们不能跑出去，就都圈在这里玩耍做游戏，也在堂屋里读书，书声琅琅，笔墨飘香。我这样仔细地介绍我的故乡，是因为想到，由于故乡的文风，人们对文章的崇敬，

※ 江村水口

※ 相望

培养了我从幼小就有了读书的观念，能静静地、认真地读书，并培养成能沉静思考问题的性格。"江泽涵对自己的家乡充满了热爱与感激。

江村何以名？知有文通宅。夜半书屋中，笔花宛如昔。谁见过凌晨第一缕阳光？江村的学子几乎每天见到。江泽涵曾说读书时黎明即起，就着屋后金鳌峰反射过来的一抹曙光，坐在屋后树下，携一本书，念念有词，读诗诵文。书屋灯光，寒窗背景，夜半读书声，诠释着江村的文化内涵。

"江村书屋"是江村八景之一。江村人对文化的敬仰不亚于教徒，稍有积蓄便投资办学，咸丰年间，江村有桐竹居、松筠书屋、鳌峰书屋、传泰堂等二十九个书舍，这只是一个乡村啊！书舍、书屋均建于山麓，幽雅清静，授课先生均为极具声望的饱学之士。

清末废科举，书屋为族学取代。最早的学校为光绪年间，翰林院编修江志伊辞官归乡，以金陵试馆房租及江姓文会田租为经费，

创办的公立养正初等小学堂，设男女两部，女部名"育英"，开本县女子新学之先例。主讲均是名流，求学者日多，经有司考绩，谓为皖南乡学之冠。江村学校自创始到解散，历任校长均由江姓担任，教师也罕见外姓；人事调配、经费使用官府不得插手，足以看出江姓族望势强、财力雄厚、人文荟萃。

江村书屋更是名噪江南的图书馆。最初为江志伊所捐，后江希曾等名士乡绅又捐，民国时，安徽省长江汉珊回乡，购书数万，之后大家又陆续捐赠，达到书架数百、书橱四十的规模。《四库全书》《四部备要》《二十四史》《万有文库》等江村书屋均存有。

※ 出嫁

1938 年，六县联中迁至江村，苏、浙、鄂、冀、粤、沪、宁等地的青年和华侨来此上学，村中时时处处都能听到士子们的琅琅读书声。战火纷乱、购书困难，老师就依靠书屋的丰富藏书编写教材教学。六县联中育子弟八千，尤为难得的是联中编印《联中晨报》参加抗日宣传，每周一期，连印八年。

村庄在文里，炊烟亦入诗。在江村，耄耋之人也常吟诗作赋。如今，虽然江村书屋已被学校取代，但碎为两截的汉白玉上依然清楚地留着"龙山书屋"字迹；裂开一角的青石碑，包世臣的《汲古山房记》照样力透顽石；保存下来的《辞源》、从菜园里无意中挖出的砚台依旧墨香飘逸。

村里几户老屋，厅堂正壁墙板已发黑，许多年前张贴的举人或进士"捷报"因年代久远无法揭下，字迹嵌入墙板，荣耀已远逝，但岁月带不走刻入历史的姓名。

老街边的田野里，立着一个石头人，年代意义无从考证，手扶生命之源，全身赤裸，面容嬉笑，石人背后，庄严的江氏宗祠与其遥相呼应。

※ 石人

我叫江冬秀

※ 江冬秀

她倚在阁楼的美人靠上，等待他的到来。

天井上方，天被框成了一块长方形，像折起来的蓝手帕，隐隐白云的图案，一只小鸟欢叫着掠过，静止的画面灵动起来。阳光斜斜地泻在她白净圆润的脸上，使得眸子也更加明亮起来。透过小木窗，可以看见院子里一堆人正忙碌着。她明白，是为了迎接一个重要的客人，她订婚十三年的未婚夫——胡适。

他们的姻缘，是十五岁时母亲订下的。那是一次极偶然的机会，母亲去绩溪旺川的舅母家看大王会，恰巧胡适也随母去了。江母好

生喜欢这个眉清目秀、聪明伶俐的小男孩，立即要把女儿许配给他。胡母起初颇有顾虑：姑娘大一岁，又属虎命硬，而且江家兴旺，胡家已中落怕不般配。但江母一心想成就，到处相托，终于定下。

定亲之后，胡适就去了上海、美国求学，一去便是十多年。她也从一个年少的秀儿，变成了二十八

※ 年轻的胡适

岁的老姑娘冬秀。徽州是个很传统的地方，二十八岁还未出嫁已是奇谈，于是谣言四起，除了执着等待，她用自己的方式反击，将裹了二十年的缠脚布放了下来。

这年夏天，他终于回国了，并且，今天就来看她。

这一刻，她等了十三年。虽然不曾见面，不曾相处，更不曾了解，但她早已是他的。十三年来，除了等待，她做得最多的，就是翻过大会山，替他看望山那一边他寡居多年的母亲。

整一天待在楼上。在焦急与渴望中等待着，日头走得太慢！

隐约听见村头响起爆竹声、喧嚣声、谈笑声越来越近，他来了！

楼下堂屋摆桌碗声、劝酒声、觥筹交错……酒罢，她多么想下

※ 江冬秀故居

楼去看一眼啊！但自己是个未嫁的姑娘，羞涩、礼数……然后纷杂的脚步声拥上楼，姑婆说他要见自己！惊喜来到眼前，突然却失措起来，紧张、忙乱，心慌，什么也不想，一头扎进蚊帐里，死死按住！百般相劝不发一声，心跳的脚步声近了，停了……许久，又远了。自己也不明白为什么。或许近乡情更怯吧！

一阵风吹过，将我从久远的遐想中惊回。站在江冬秀故居前，数着院子里细密的青砖，每一块都有着这个徽州女子的足印吧！这是一座清代建筑，和所有徽州古民居一样，马头墙，天井采光，原是一座三间两进楼房，上下堂间、厢房、边屋有十多间，现存原房的三分之一，绣楼还在。绣楼上的圆柱与檐口间嵌入的斗拱构件，刀工精细，造型美观，如同自然生长一般；东西厢房窗棂各种花纹图案雕刻细致；堂前横梁与木柱直角衔接处，以木雕花托相衬，花托上的麒麟和牡丹等图案栩栩如生，既牢固，又美观大方。

踏上吱呀木梯，木梯很窄，只有如冬秀般裹过的小脚凑合上得，绣楼、美人靠、闺房，江冬秀前三十年的人生就窝在这古徽州的一隅。巴掌大的窗户、几尺见方的天井，勉强瞧见的也只是田野村庄，不读报不看书，简单认识几个字，外面世界怎样的一个变化从不曾真正知晓。在家乡，是年近三十还未出嫁的老姑娘；在外面，是小脚盘髻的旧女子。这个似乎在哪里都不相融的女人，如何能伴随着三十六个博士学位的丈夫一路走过千山万水、春秋冬夏呢？

江村是个很神奇的地方，村子不大，名人不少。湖广分巡道升按察司使司江廷寄；员外郎中江文敏；医学家江希舜；民国代总理江朝宗……而作为一个无功名、无成就的小脚女子，如果不是嫁了个胡适，江冬秀根本不为人所知，最多是个某江氏。

但又有什么关系？江冬秀信守的是一个婚约、一个承诺，诺言的承载者，贫穷还是富贵、粗鄙还是优雅从来都不重要。守约，并且从不动摇，只是她自己的原则，胡适恰好也是这样的人。"恰好"一词其实并不妥，两人老家毗邻，有着相同的文化底蕴、生活习惯，甚至共同的亲戚。虽说胡适留学多年，但增长的是才学，人生观、价值观并未改变，对他来说，妻子是否才高八斗似乎也不重要。胡适本人曾说："实则择妇之道，除智识外，尚有多数问题，如身体健康，容貌之不陋恶，性行之不乖戾，皆不可不注意，未可独重智性一方面也。智识上之伴侣，不可得之家庭，犹可得之友朋。"

从保存的来往信件及日记中，可以看见两人携手走过的幸福一生。

　　婚于是热热闹闹地结了，那副很出名的新婚对联："三十夜大月亮，廿七岁老新郎"至今还在婆家挂着，传为笑谈。

　　成亲后，他们相处得很不错，胡适甚至写信向前绯闻女友韦莲司汇报他快乐的新婚生活，还说准备在遥远的1924年有了假期之后，带妻子一道去美国旅游。是的，江冬秀起初是大字不识几个，但她是个聪明进取的人，一直在努力，胡母夸她在乡间是"人中翘楚"。何况，江冬秀的相貌不算差，脸如满月，额头圆润，皮肤白净，杏眼樱口，堪称秀丽。从她的信中看，她又是个颇有情趣的人。一次，身在外地的胡适病了，江冬秀写信问候，那份信没有保存，但我看了胡适为此写的一首诗："病中得他书，不满八行纸；全无要紧话，颇使我欢喜。"可见江冬秀的信让胡适的内心很愉悦。所以胡适跟人说，觉得自己婚姻"很过得去"。

　　传说中的江冬秀，出现最多的是这几个关键词：麻将、一品锅、悍妇。

　　据说江冬秀把麻将从北京玩到上海，从上海带到纽约，之后再转战台北，一路搓过去，一百三十六张牌，张张如闺蜜，活生生垒砌出了跨国境的万里长城。胡适无语，退避三舍，自觉跑去哥大图书馆找清净。在台北，他甚至想要成套买房，供妻子搓麻专用。如此贤夫暂且不论，我想说的是，一个麻将搓得如此得心应手的女人，一是聪明，二是处事不惊，三是不在意得失。

婚姻中如果一定要一个人为另一个人改变，而这改变又非本意，是很别扭的事，即使表现得和谐，也是鞋挤不挤脚自己知道。而江冬秀，一切都发自她的本意。她就是这样，以自己的方式去爱丈夫，去照顾家庭，去处理事务。

江冬秀的长处，不只是一点儿慧黠心思，她是一个大气的女人，并不在意金钱上的得失。看胡适书信与日记，你会发现胡适收入颇丰，单是"亚东"书局到1928年为止就支付了胡适三万元的版税，有心人计算了一下，抵得上一个工人四百年的收入。这样的高收入，居然经常弄到入不敷出。虽然江冬秀每每自责自己太会花钱，但其实并未有多少钱花在她本人身上，更多地是花给了亲戚朋友。

夫妻俩刚到北京时，租了一所二十间屋的大房子，便是预备着亲戚朋友到来。婆家的哥哥与子侄川流不息地来到身边，一应开支都是他们承担，他们从无怨言。顺境里照应别人不难，手指缝里漏下一点便是。但抗战期间，胡适人在美国，江冬秀与几个儿子生活极为困窘，胡适寄来一千六百块钱，江冬秀马上分给同样艰难的亲友。丈夫的朋友多，这个送一百，那个借两百，又给仆人发了几百。这些倒也罢了，她居然又捐献给某学堂两百。胡适对此倒颇为欣赏，

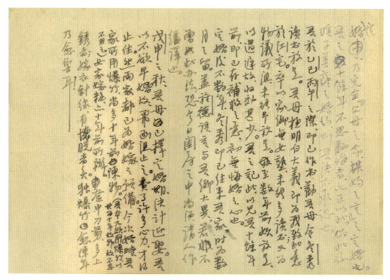

※ 胡适手迹《归娶记》

得知江冬秀散尽家财，他写信表扬："我很赞成你捐二百元给周先生的学堂。我到欧洲之后，也还要设法寄点钱捐给他。你在患难中还能记得家中贫苦的人们，还能寄钱给他们，真是难得。我十分感激。你在这种地方，真不愧是你母亲的女儿，不愧是我母亲的媳妇。"两人对金钱的观念如此统一。

江冬秀爱的是胡适这个人，所以能处处为他着想，顾及他的安危，顾及他的本意。1938年，胡适担任驻美大使，江冬秀数次在信中表达反对意见。她对官场和胡适的本质都很了解，说："说真话政府不愿意听；说假话，第一你不会，第二不能保全你的人格。"又说：

"你在大会上说老实话，你就是坏人了。我劝你早日下台吧。"她要胡适"回到学术生活上来"，因为她知道，那才是丈夫的本性情。胡适很感激江冬秀肯为他着想，说："若是不明大体的女人，一定巴望男人做大官。你跟我二十年，从来不作这样想，所以我们能一同过苦日子。我给新六信上说，我颇愧对老妻。"

江冬秀给胡适的惊喜，是建立在扎实的物质生活基础上的，胡适的物品她保护，胡适的身体她照顾。虽是大家闺秀，但作为贤妻，江冬秀烧得一手徽州佳肴，所以无论在哪里，胡适都能吃上家乡菜。江冬秀最拿手的，就是丈夫最爱的徽州一品锅。爱热闹的胡适经常邀请一帮圈子里的朋友来家做客，江冬秀亲自下厨做"一品锅"：

※ 胡适一品锅

用一只口径差不多有二尺的大铁锅，一层鸡、一层鸭、一层肉地铺着，点缀着蛋皮饺，最下层是萝卜白菜，热腾腾地端了上桌，里面还在滚沸，数味交融，鲜香至极。对于胡太太的烹调本领，朋友们赞不绝口。

事业是什么？是一生去做的自己最想做的事，和名利无关，和得失无关，可以鲜花，可以绿叶，甚至可以是水，可以是风。江冬秀的眼里，丈夫是她的事业，她以成全一个男人而成全自己的事业，从不卑微。

江冬秀真挚地爱着丈夫，这个她生命中唯一的男人。她的故居，保留着写给胡适的信，遣词造句生朴可爱，但直抵人心。胡适生病，她关怀地写道："你前两星期给我的信，你说十三四大概可以动生（身），你叶（叫）我不必写信把你，故我就没有写信把你，但是你到今天也没有回京，也没有写信把我，叶（叫）我这四天心里着急得不得了。还是你又发病了，还是有另（外）的缘故？我日晚挂念和着急。你这一次离京，我没有一天心里不发愁，加只（之）你叶（叫）我盼望和着急，这是怎样说发（法）呢？高先生说你到上海再不能住了，说你这一尚（向）又没有一（以）前的身体好了。我今天听他说你今天不狠（很）好，我心里好比刀割一样。无论如何，我求你见我的信就赶快回京为要。我病了三天了……"活脱脱一个痴情的徽州女人。

但这样痴情的女人，胡适生命中不只有她一个。

从绩溪到旌德的古道上，有一座孤坟。

徽州的坟茔很讲究风水位置，通常在坐北朝南、背靠高山的幽静偏僻处，而不会简单放置在路边。这座坟茔很朴素，杂草丛生，一个土堆，一个石碑，默默地立在路边，看来往车马与行人，这里，埋葬着一个荡气回肠的爱情故事。当然这个故事与胡博士有关。

胡适的婚姻之痒，发生在他婚后的第六年。这六年间，他活得好不热闹，编辑《新青年》，出版《尝试集》，写作《中国哲学史大纲》，挑起"问题与主义"的论战，与当时最顶端的文化人交往……

※ 江村

此时,他的个人命运已与时代命运搅成巨大的漩涡,在很短的时间里,他把自己变成了一个传说中的人物。然而,他也活得辛苦,渐渐累了。1922年年底,他向北大告假一年,欲寻个清净的地方暂且休养一下,于是,来到了杭州。他遇到了曹诚英。

曹诚英是胡适的表妹,其实他俩没有一点儿血缘关系,曹诚英的两个姐姐嫁给了胡适的两个哥哥。1917年,胡适和江冬秀结婚那年,还是少女的曹诚英是他们的伴娘。很多学者都认为胡适是在自己的婚礼上,爱上了这位绮年玉貌的伴娘,假设这爱情真的由此而起,无疑更加戏剧化,但胡适当时的信件和日记里都没有提曹诚英一个字,他写给韦莲司的信里,全是新婚燕尔之时的兴奋。何况彼时胡适才从美国回来,有着国际视野,但为了履行婚约,尚能放弃一个有见识的、能够沟通的女人韦莲司,怎么可能在自己的婚礼上才见面的小表妹?杭州是一次猝不及防的相逢。当时曹诚英和她的丈夫胡冠英都在杭州求学,他们是以亲戚加小老乡的身份陪胡适游西湖的。几日盘桓下来,胡适与曹诚英情愫暗生,同游的胡冠英竟然一无所知,而且,还在胡适的建议下,离开杭州,去天津南开中学读书。胡博士在这件事上做得挺不地道。支走了曹诚英的丈夫,胡适租下杭州南山烟霞洞的两间小房,与曹诚英过起了卿卿我我的生活。对此,远在北京的江冬秀并非全不知晓,只是她和胡冠英一样，以为曹诚英不过是帮胡适料理些家务而已。她给胡适写信说"佩声（曹诚英）照应你们，我很放心，不过她的身体不很好，常到炉子边去做菜，天气太热了，怕她的身体受不了，我听了很不安，请你们另外请一厨子吧，免得大家劳苦"。这位善良的妻子哪里知道，她的丈夫正和表妹做着神仙眷侣，读书、下棋、讲故事、数星星……胡适在日记里称之为"我一生最快活的日子"。然而，天下没有不散的宴席，胡适和曹诚英在烟霞洞同居了三个月，终于到了离别的时候。

关于胡适的资料都说，胡适回到北京后，跟江冬秀提出离婚，江冬秀挥舞着菜刀，声称要杀掉胡适的两个儿子，然后自杀，这才吓住了胡适，离婚一事就此作罢。但这个似乎颇有疑义，胡适日记显示，他每天都在译书、写序，看不出一点儿在打离婚大战的痕迹。十二月三十号的日记里更是特地记道：今天为我和冬秀结婚的第六个周年。记得婚姻纪念日的男人心里头不可能没有妻子。

徽州的男人大多是顾家的，与曹诚英的这段情缘，本来对于他，就是人生里的一段际遇。曹诚英爱他，但未必懂他。1925年，曹毕业离开杭州前，给胡博士修书一封，博士回复词作一首："多谢寄诗来，提起当年旧梦，提起娟娟山月，使我心痛。殷勤说与寄诗人，及早相忘好。莫教迷疑残梦，误了君年少。"在胡适的心中，爱情

※ 曹诚英

是一场旧梦，情感虽然真挚，但并不意味着非要承诺、非要厮守。那段爱情，与江冬秀无关，是这个男人自己放手，分开是他想要的结局，渐行渐远，渐无书，胡适单方面熔断了这份爱情。

但徽州的女人是痴情的，曹诚英用行动执着地追随着胡博士，先入东南大学，选择胡适未竟的农学专业，之后又赴美留学，选择胡适母校康奈尔大学，从事农学研究，终身未再嫁……临终前嘱咐，葬在胡适回家必经的路边，为了能再看他一眼……但她又如何知道，那时，远在台湾的胡适早已离开了人间！多深的情感才能撑起一个女人孤独的一生？一边是女子的痴情，一边是男人的寡义，其实所谓的有情薄情，不过是爱情观不一样罢了！

胡适心里，妻子宽容、大度、执着、坚强，与自己有着相同的人生观和价值观，是该携手一生的伴侣。而曹姑娘，短短三个月，何曾真的走进胡适内心，真的懂他？他对曹诚英动情，但未必真的动心。曹诚英一生执迷于对他的爱，但她爱的也许只是自己的爱，而并非真正的胡适。

但这段唏嘘的情感竟为江冬秀定义了悍妇的关键词。

据说胡适还收集了印有PTT的"怕太太"徽章，编了一套新"三从四得"：太太出门要跟从，太太命令要服从……太太化妆要等得，太太生日要记得……这些闺帏之乐，足以看出两人水乳交融的情感。

江冬秀的故居里放着很多相片，每一张合影都那么自然：胡适抚着妻子的肩头，笑得满脸灿烂。全家福里，差不多都是江冬秀坐着，胡适和儿子们站在她的身后。得到留洋博士发自内心的尊重，岂是泼辣可以做到的？

江冬秀是父子翰林吕朝瑞、吕佩芬的后裔，吕朝瑞还是探花。出身于仕官之家，虽受到封建礼教的束缚，但她睿智、大度，理解丈夫的本性和追求，扶持丈夫去做一番事业，她有自己的处事方式，不仅仅把目光局限在爱恨情仇上。值得一提的是，江冬秀整理胡适身后的资料时，特地让他的红颜知己韦莲司写一份自己的小传放进资料里。这一举动说明，她觉得，在胡适的生命里，韦莲司是非常重要的一个人，她尊重丈夫的内心。

但她也有自己的坚持。丈夫去世后，儿子征求她的意见："父亲在遗嘱里要把他的遗体火化，您看怎么办？"她断然拒绝："不行！我和你父亲曾有约在先，后死者有权决定先死者的安葬方法，我是主张棺葬的。"治丧委员会把这个意见转告给蒋介石，蒋说："就按胡夫人说的办吧！"

　　江家故居堂前地面是糯米熬化和上细灰，再用传统手法慢慢研磨而成，如镜面般光净，均匀画成四方格，但有一处很别致：在地面正中间有一内外圆形的图案，中间一朵硕大的牡丹花，四周分布着菱花、荷花。虽经沧桑岁月，图案依然清晰。富贵、祥和，幸福，这些花代表的寓意，江冬秀都得到了。

　　江冬秀不是一个靠暴力维持自己婚姻的女人，她的幸福是她自己挣来的，靠她的聪明、她的努力、她对人的善意、她没有被文化晕染过的敏锐的感悟力，江冬秀的幸福，是有她的道理的。徽州的女人，虽然足不出户，相夫教子，伺候公婆，但经得住事，沉得住气，曹氏也罢，江氏也罢，对感情都是能勇敢追求、执着等待。

　　我的一个朋友也是徽州女子，当她爱上一个异国男子时，开始努力学英语，每隔一段时间飞去男友身边。我问她，如果没有回报怎么办？她说，爱是我自己的事，当然需要自己去追求。徽州女子的爱情观虽然传统忠贞，但决不认命。

※ 胡适和江冬秀

有张病榻上胡适的相片，与妻子两手相握，温馨温柔，眼里流淌的，是历经数十年岁月醇香的深情，万语千言又心照不宣。爱的幸福不过是一个"懂"字，吕碧城寻找了一辈子，还未找到那个懂她的人，或者，吕碧城这本书太难读了，而简单的江冬秀，化大道为简，和胡适，轻轻松松地，就读懂了彼此。

在胡适的眼里，江冬秀从来不只是胡夫人，在江冬秀的眼里，自己不仅是胡夫人，也是她自己——江冬秀。

像吕碧城那样活着

那个叫吕碧城的女人又一次走出了家门。

这是她第二次走出家门。第一次是在十二岁。

她应该叫吕贤锡，但她似乎更喜欢"碧城十二曲阑干"，以仙女们居住的紫云之阙、碧霞为城来称呼自己。

她的家在庙首镇太白村，村里人管那座房子叫"老屋"，清代晚期建筑，几百年的历史了，后来知道它还有一个好听的名字——"肇修堂"。

老屋在河边，从外面看只是普通不过的徽派民居，院门不大，院子很窄，但跨进堂屋，却一声惊叹！一个接一个的天井，一间又一间的客厅、厢房，房子里面还有水井、露天的小院子，如一个世外桃源。现在人住得少了，记得我小时候，老屋里住了十多户人家几十口人，都姓吕。

※吕碧城故居——庙首镇太白村隼修堂

离家、写作、办学、经商、出国，最后皈依佛门，这个从老屋走出的传奇女人，不但把生命活到极致，而且样样都是先行者。

这个女人身上有一堆唬人的头衔：近三百年来最后一位女词人、诗人，政论家，社会活动家，资本家，中国传媒史上第一个女编辑，第一个女校长，中国第一位动物保护主义者，中国女权运动的首倡者，中国女子教育的先驱者……

而这一切，都源于十二岁那年。

开始的十二岁一如既往地单纯甜蜜。吕碧城出身于仕宦之家，父吕凤岐，清光绪进士，家有"长恩精舍"书斋，藏书万卷。读书抚琴，吟诗作画，是吕小姐每日生活内容。碧城姐妹四人，自幼受家学熏陶，均以文学驰名，碧城排行第三，禀赋尤聪慧，为姐妹中佼佼者，小小年纪文采便称羡父辈亲友间。徽州女人自小定亲，吕碧城年幼时已与同邑乡绅之子订婚，只等长大过门，相夫教子，一切看起来那么称心如意。

日子本来风平浪静地过着，但碧城十二岁时，吕家发生了重大变故：父亲病逝，因无子嗣，族人霸占了全部家产之后，唆使匪徒将母亲严氏强行幽禁。两个姐姐手足无措，少女吕碧城却表现出与年龄不符的冷静。她挑起重担，给父亲的朋友和学生写信，四处求人告援，最终母亲得以脱险。不料这件事却让吕碧城夫家起了戒心：小小年纪就有如此能量，这样的媳妇日后过了门恐怕难以管教，于是提出退婚。

后人总爱以自己的思想揣摩前人，提及此事，认为吕碧城被退婚是终生难以抚平的创伤。那时女子订婚身不由己，被退婚确实视为奇耻大辱，但那只是别人口中的评价，这段经历，在碧城心里是怎样的体验又岂是他人所知？

连遭失夫与退婚的双重打击，吕家自此门衰祚薄。吕碧城的母亲带着四个年少的女儿，投奔塘沽任盐课司大使的弟弟严朗轩，开始了寄人篱下的生活。

但吕碧城怎么可能安分于这样的生活？

※ 庙前古街

　　如果按节气来算，那时期的民国和那时期的吕碧城都处在"惊蛰"时节，淡淡覆盖着一层薄雪，思想早已苏醒，心和脚步蠢蠢欲动，一副按捺不住的神情，急切期盼着春暖的召唤。

　　二十岁时，吕碧城又一次走出了家门。

　　她听到了内心的召唤，要抛弃书艺墨魂、粉黛丝竹，到天津"探访女学"。守旧的舅父严词骂阻，但阻挡不了她的脚步，第二天吕碧城逃出家门，踏上开往天津的火车。这是一次说走就走的旅行，也是一次毫无准备的旅行。她身无分文，就连行装也没来得及收拾，来到举目无亲的天津，生活陷入困境。但吕碧城很擅长利用人脉资源，打听到舅父署中秘书方君的夫人住在天津滨江道的大公报报社，就给她写了一封信，述说自己的经历和来津的种种情况，情真意切，寻求援助。

传奇的人生总是会得到命运的眷顾。这封信恰巧被《大公报》总经理兼总编辑英敛之看到。被其文采吸引，惜才爱才的英敛之亲自前往方夫人的家中探访，一番长谈，一谈倾心，当即邀请吕碧城担任《大公报》见习编辑。就这样，吕小姐到天津"新学"没有上成，却自此成为我国新闻史上第一个女编辑，并开始走上独立自主的人生之路。

旧时的老徽州，深宅大院，家规森严，外墙几乎连窗户都没有，只在屋里留天井采光，为的是隔绝与外界的联系。徽州女孩子，裹着小脚，住在绣楼上，足不出户，从小便熟记三从四德、守节、牌坊等词汇。吕家小姐这般的人物，出自封闭传统的徽州，反差确实有点大！倚着吕小姐闺房雕着四季花卉的木窗，无法想象，如此传统的宅子里怎么会走出这样一位叛逆的女子？

吕碧城不过是忠于自己的内心，做她想做的自己，千百年来，女性追求的不就是做一个完全的自己吗？你要知道去哪里，全世界都会为你让路！她的机遇看似偶然，实则必然。

醇厚的徽文化造就了吕碧城惊艳的文学底蕴。很快，吕碧城便成为《大公报》的主笔，锦绣文章频频面世。一方面，格律严谨、

※ 走出深宅

文采斐然的古体诗词颇受前辈们的赞许；另一方面，宣扬女子解放和女子教育的文章，如《论提倡女学之宗旨》《敬告中国女同胞》《兴女权贵有坚忍之志》等，引起了强烈的反响。她的作品中流露着刚直率真的性情以及横刀立马的气概，深为时人尤其是新女性所倾慕。

她的两个姐姐吕惠如、吕美荪也颇擅诗文，姐妹三人号称"淮南三吕"，天下知名。

传奇人生就此繁花似锦地铺开。

如一颗冉冉升起的明星，吕碧城逐渐在京津地区崭露头角、声名鹊起，丽影芳踪出现于各种高端聚会，一时间，五陵年少争缠头，各界名流如诗人樊增祥、易实甫，袁世凯之子袁寒云，李鸿章之子李经羲等，纷纷追捧。吕碧城以女儿之身，与男人们大方交游，唱和诗词，赏玩琴棋，出入男性社交场所，成为清末社会的一道奇景。

那时候，清朝还没有灭亡，女文艺青年们多数都养在后花园里，在落叶上写些香艳小词，闺蜜间传唱，静静地安度流年，从来没有一个女子以这样独立铿锵的姿态出现在公众面前，从来没有。吕小姐打扮也极其时尚，甚至可以说是张扬，穿欧式衣裙，袒胸无袖，高跟皮鞋，胸绣孔雀翎，脑后夸张地横插着三根一尺多长的彩色长翎，另类不羁。吕碧城喜欢用孔雀羽装饰，彰显着自己的华贵和骄傲。

这个活跃于清末和民国早中期的女子，把个人主义的性格魅力张扬到极致，在她的时代，绝对惊世骇俗。内廷秘史缪珊如有诗赞说："飞将词坛冠众英，天生宿慧启文明。绛帷独拥人争羡，到处咸推吕碧

※ 吕碧城墨迹

城。"用吕碧城自己的话说："由是京津闻名来访者踵相接，与督署诸幕僚诗词唱和无虚日。"美女、才女、有思想、新女性，那时的吕碧城真是风头出尽。

但吕碧城显然不是只拼颜值和个性的平庸女人，她还要拼才华。

她一直有着自己的理想，那就是兴女权，倡导妇女解放。她认为，要想实现女性的真正独立，必须"启发民智"，极大提高女性人群的思想文化素质。因此，兴办新式女学成为她实践自己理想的奋斗目标。吕碧城借助《大公报》这一舆论平台，发表了多篇言论，宣扬兴办女学的必要性和重要性。她把兴办女学提到关系国家兴亡的高度，以此冲击积淀千年的"女子无才便是德"的陈腐观念。

为了帮助吕碧城兴办女学，英敛之介绍她与社会名流相识，以求支持。著名思想家、教育家严复当时任天津水师学堂校长，与英敛之过从甚密。英敛之向其推荐吕碧城后，严复十分赏识，不仅收为女弟子，悉心教授逻辑学原理，师生互致诗词唱和，还向总督袁世凯鼎力推荐，说吕碧城是兴办女学的最佳人选。袁世凯欣然同意，让她协助直隶提学使傅增湘筹办女学。在天津道尹唐绍仪等官吏的拨款赞助下，女学筹办进展顺利。1904年，北洋女子公学正式成立并开学，吕碧城出任教务长，傅增湘为校长。两年后添设师范科，更名为北洋女子师范学堂，时年二十三岁的吕碧城升任校长，成为中国第一个女校长。

吕碧城为推广新式女子教育不遗余力，一干就是七八年，既负责行政又亲自任课，把中国的传统美德与西方的民主、自由思想结合起来，把中国国学与西方的自然科学结合起来，使北洋女子学府成为中国现代女性文明的发源地之一。许多在此学习的女生后来都成为中国杰出的革命

※ 哥伦比亚大学之吕碧城

家、教育家、艺术家，如邓颖超、刘清扬、许广平、郭隆真、周道如（曾是袁世凯敬重的家庭教师）等，都曾听过吕碧城授课。在沉寂的中国大地上，吕碧城为女性的思想觉醒播下了一粒粒希望的种子。

吕碧城是个相当聪明的女人，明白自己要的是什么。她善于编织关系网，拓展人脉资源，她不仅继承了徽州商人的高情商，也继承了高财商。离京移居上海后，她与外商合办贸易，仅两三年间，就积聚起可观财富，在十里洋场成就了民国史上第一女徽商的商业传奇。

传奇的人物总是走在潮流的最前端。当别人还在"恪守妇道"时，她兴女权；当别人惊奇于新文化的冲击时，她去经商；当别人开始

接受新事物时，她已走出国门。

1918 年，吕碧城又一次剑走偏锋，前往美国哥伦比亚大学攻读文学与美术，当时还兼上海《时报》特约记者。她将自己的见闻发表于刊物，让中国人与她一起看世界。之后，吕碧城再度只身出国，漫游欧美达七年之久，写成《欧美漫游录》，先后连载于北京《顺天时报》和上海《半月》杂志。

从走出老房子的那一刻起，吕碧城便已不是媒妁之言、父母之命的三从女人。如果用色彩形容的话，俗世的女子大多粉红粉绿，即便婉约如平常的徽州女人般，也只是一抹月白，而吕碧城，却是灰色底板上大红大绿的一笔，鲜明、夺目，甚至彪悍。

她的情感，也是如此地爱恨分明。

英敛之初见吕碧城时，只觉耳目一新，从没见过这样的女子，即生出倾慕之心。但之后，在争取民族独立自强、主张开启民智等方面，在对待袁世凯的态度上，双方分歧极大，最终渐行渐远。更由于二姐吕美荪和英敛之关系

※ 吕碧成著作

暧昧，最终，吕碧城与英敛之绝情断交，同时也与二姐恩断义绝。要么爱，要么不爱，吕碧城是个干净利落的人。数年后，大姐病逝，吕碧城从美国赶回奔丧，众亲友劝她念及骨肉亲情与二姐和好，吕碧城却当众发下毒誓："不到黄泉，毋相见也。"什么样的痛会对手足绝望如此？原因不详，吕碧城是个不喜欢说短的人，也许，她的人生，从来不需要解释。

　　袁世凯公子袁克文是最为人乐道的吕碧城密友，小吕碧城七岁，当然，就吕小姐的性格，年龄绝对不是问题。袁公子曾是吕碧城的救命恩人。当日秋瑾被俘，官府抄检她的住处时，发现了秋瑾与吕碧城来往的书信，又兼吕碧城曾经在秋瑾所办的女报上发表文章，

※ 吕碧成译著

于是欲派人抓捕吕碧城。袁公子托父亲帮其脱了罪。袁世凯就任中华民国大总统后，袁克文又向父亲建议，聘请吕碧城出任女官，后吕碧城因无心政治而离开。袁与友人在北海举行诗会，吕碧城也经常参加，与之诗词唱和，结伴出游。去上海之后，两人依旧鸿雁传书，往来不断。可这段精

神恋爱，终究还是没有结果。谈及此事，吕碧城一笑而过："袁属公子哥儿，只许在欢场中偎红依翠耳。"

她与诗人杨志云情投意合，"诗简往还，文字因缘，缔来已久"，可杨又觅她人后，她斩断情丝。她要一对一的爱，如果没有，宁可不要。

吕碧城是矛盾的，她来自传统的徽州，却是如此叛逆；她跳舞、喝咖啡，家中置钢琴、油画，可另一方面，她又爱写词，深谙中国古典文化精髓；她内心渴望爱情，却百般挑剔。

她的诗词和她彪悍的人生形成了对比。在诗词中，可以见到她内心的一些脆弱、一些忧伤和一些寂寞，而正是这样，才让她显得如此的真实。

她逐渐开始放弃肉食，茹素，她的环球之旅，并不只是看风景，她出席各种社交场合，宣讲环保，宣扬仁义、戒杀、素食，开始以一个环保人士的面目出现。1928 年，她参加了世界动物保护委员会。

1930 年，吕碧城正式出家为尼，法号宝莲，素衣，吃斋。宗教成为她晚年生命中的支撑力量，这个时候,她的诗词也多是参禅论佛。人们洞悉一个成功人士，尤其女性，一定要在其身上找出不幸才甘心，吕碧城皈依佛门似乎平衡了一些人的心理，但其实，或许只是她忠于内心的一个决定。

1943年，吕碧城写下了最后一首诗："护首探花亦可哀，平生功绩忍重埋。匆匆说法谈经后，我到人间只此回。"这也是她为自己做的挽诗。

遗体火化，骨灰和面粉捏成小丸，抛入海中，供鱼吞食。

她如一只彩雀在云端漫步，把时代甩在了身后，吕碧城太生逢其时，在那个动荡纷杂的时代，抢尽先机，成就一世风流。

假如我是吕碧城，我是说假如，我也会选择像她那样活着，丝毫不会改变。

用一生做一件事

　　池莉说，一生的时间并不多，一生的精力也不多，要搞好一件事实在不容易。用去一生，搞好了一件事，那也就够可以了。于是，王祯用他的一生，做了一个农民。虽然他没有机会认识池莉。

　　元朝元贞元年（1295 年），春暖花开，一个二十多岁的儒雅青年素衣布鞋，伫立在徽水河畔，看河水清澈、鱼游浅底，两边田畈一望无际，翠绿隐隐，生机盎然，早春的鸟儿脆啼，唤醒着冬眠的土地……一切都充满着希望与喜悦！他的内心如同季节一般蓬勃起来，一定要在这里撒播点什么！

　　这是刚刚上任的江浙行省旌德县尹王祯。来到这个青山绿水、土地肥沃的山区为官，对于从小酷爱农业的王祯来说，简直是赏赐。

　　王祯家乡在山东东平，域内有大汶河冲积平原，土层深厚，土壤构型良好，适宜农业种植，即使是现在，东平仍是全国粮油商品

※ 王祯

生产基地县。东平盛产小麦、花生和油菜，蔬菜葱蒜为多，果品以核桃为主；而旌德主要种植水稻，蔬果种类繁多，有优良的绿茶，还有特殊的纤维作物——苎麻。

当然，王祯眼里看到的不仅仅是家乡鲁与皖之间的农作物差异，他放眼全国，看到的是中国由北至南农产品、农具、农技的特色。县尹是王祯的职业，而农业是他一生的热爱和追求。

元朝统治者虽然出身游牧民族，却非常重视多种农业的发展。元朝是我国古代农业科学技术推广最好的时期，元朝前期即开始推行诸项重农措施，推动了各地农业生产的发展，生产工具和生产技术改进，农产品种类和产量均大大提高。这还不算，至元年间，官府编辑、刊刻了《农桑辑要》一书，类似于现在农业大学的标准教科书，以先进的生产技术指导农业生产。这可是过去封建王朝不曾有过的壮举，就是之后的明清时期，也没有这样的举措。

元朝农业好到什么地步呢？据余阙《青阳集》记载，"晋地土厚而气深，田凡一岁三艺而三熟……民又勤生力业……野树禾，墙下树桑，庭有隙地，即以树菜茹麻枲，无尺寸废者，故其民皆足衣食，无甚贫乏家，皆安于田里"。南方地区的自然条件优越，一年三熟不足为奇，但元朝在山西创造出一年三熟的奇迹。产量高，农民生产积极性就高，院里一点土地都种上树，散上种，家家谷满仓，个个笑盈盈，高高兴兴地在田里春播秋收。生活在元代的王祯如鱼得水。

再看看那时期的皇帝元成宗孛儿只斤·铁穆耳，他是元朝的第二位皇帝，至元三十一年即1294年即位。这是位雄心勃勃的皇帝，当年就干了二十二件大事，其中便有"利农民"，还下诏减免这年包银、俸钞，以及内郡地税和江淮以南州县当年的一半夏税。

话说地方举措不可与中央的宏观计划相违背，否则即使有鸿鹄

※ 春耕

之志，也难施燕雀之才。那么，王祯在旌德与江西为官的五年，元成宗还有些什么政策呢？

1295 年，下诏停止一切非急需的工程营建，免除本年五月以前积欠的钱粮。十二月，下诏禁止诸王擅自干预地方行政。

大德元年（1297 年），要求权贵豪绅交纳所隐匿的江南田租，以减轻农民负担。

大德二年（1298 年），因水旱成灾，下诏减免受灾郡县当年田租的十分之三，受灾严重地区全部减免，老弱残疾及人丁稀少的民户免除三年差税。同时，停止了当年的一切土木工程。

大德三年（1299 年），成宗派使节巡视各地，了解民间疾苦。免除当年内郡包银俸钞和江南夏税的十分之三。在减轻民众负担的同时，成宗三令五申要求地方官员鼓励农桑，发展生产。注意关键

※ 旌德野葛

词："三令五申、地方官员、鼓励农桑、发展生产。"多么重要的中央政策！

　　一个皇帝不热衷土木工程，专搞农业，可以想象全国上下农业形势一片大好啊！关于一千三百年之后，皇帝忽然大脑发热，去打泰国的八百媳妇国，那会子王祯农书已编写得差不多了，此不提。

　　何谓最合适的时候遇上了最合适的人？旌德遇上了王祯，王祯遇上了好时代，真是各各梦中都要笑醒！

　　一个在某行业能取得成就的人，通常也有好人品。王祯为官期间，生活俭朴，捐俸给地方上兴办学校、修建桥梁道路、施舍医药，给百姓做了不少好事。像我国古代许多知识分子一样，王祯也继承了传统的"农本"思想，认为国家从中央到地方政府的首要政事就是抓农业生产，而这个思想与中央完全一致。他又在旌德这个农业县为官，天时地利人和占尽，除了干一番大事业，他还有什么选择？

王祯在旌德的劝农工作取得很大成效。他通过行政命令，规定农民种桑树若干株；具体农耕中，对麻、苎、禾、黍、稗麦，从播种到收获都一一加以指

　　※ 旌德青蔗

※《王祯农书》

导；画出"钱、镈、耰、耧、耙、鞦"各种农具的图形，让老百姓仿造制作使用；他还"以身率先于下"，"亲执耒耜，躬务农桑"。可以想象，幸福的王祯，公务之余，在春雨滋润过的土地上，执耒耜翻土，闻野草芬芳，听老牛轻哞，多么心旷神怡！他熟悉这里的每一块田畈，认识每一种庄稼。

但王祯还不过瘾，他最想干的事是编一本农学书。虽然农学著作早就有，可他都不满意。《吕氏春秋·上农》只是小论文集子，拿不上桌面；汉代的《氾胜之书》仅残存了三千字，开个头罢了；《齐民要术》略说得过去，却又范围太广，专业性不强，烹饪、制笔都算在内了。王祯要做的，是编一本系统、专业的正规教材。

于是，王祯一口气写了十三万字！三百七十一目，三十七集，分《农桑通诀》《百谷谱》和《农器图谱》三大部分，最后所附《杂录》是《法制长生屋》和《造活字印书法》两篇花絮。

《王祯农书》与现在的教科书相似，先是总论《农桑通诀》，对农业、牛耕、养蚕的历史渊源作了概述；再以《授时》《地利》

两篇来论述农业生产根本关键所在的时宜、地宜问题；之后的七篇，从《垦耕》到《收获》论述开垦、土壤、耕种……农业操作的基本原则和措施。

※《王祯农书》中的"锤榨法"图示

《百谷谱》很像栽培各论，先将农作物分成若干属或类，然后一一列举各属类的具体作物，包括谷属、蔬属、果属、竹木、杂类等内容。我总怀疑我们中学教科书"科、属、种"的分类是沿袭王专家的。王专家在这一部分还

※《王祯农书》里的水转大纺车

有一项创举，多了植物性状的描述。如谷属中的粱秫，他写"其禾，茎叶似粟，其粒比粟差大，其穗带毛芒"；谷属中的蜀黍，"茎高丈余，穗大如帚，其粒黑如漆、如蛤眼"；蔬属中的韭，有"丛生、丰本、叶青、细而长、近根处白"的描述。元代农业新品种也详细

记载，如一个叫"旱占"的稻种："其米粒大且甘，为旱稻种甚佳者"；又"一种有小香稻者，赤芒白粒，其米如玉，饭之香美，凡祭礼延宾，以为上撰，盖贵其罕也"。

《农器图谱》是全书的重点，插图三百零六幅，计二十集，分为二十门，二百六十一目。

将农具列为综合性整体农书的重要组成部分就是从《王祯农书》开始的，也是本书一大特点。我国传统农具，到宋、元时期已发展到成熟阶段，种类齐全，形制多样，虽然宋代已出现了较全面论述农具的专书，如曾之瑾的《农器谱》，但该书未留存，《氾胜之书》中提到的农具才十多种，《齐民要术》也只有三十多种。而《农器图谱》收录的有一百多种，绘图三百零六幅。那时候信息不发达，交通不便利，写画都使毛笔，王祯不仅搜罗了通行的农具，还将古代已失传的农具考证研究，绘出复原图。做这些工作，需要多大的精力啊！

东汉杜诗发明水排，利用水力鼓风来炼铁，到元代制法已不可考。王祯多方搜访，力求复原并加以发展。古代水排用皮囊鼓风，而王祯复原所绘的水排用木扇（简单的风箱）来鼓风。王祯对轮轴特别感兴趣，在"杵臼门""灌溉门""利用门"中，集中了五十七种与轮轴有关的生产工具。在此基础上，他自己又创制"水砻"和"水轮三事"，其中尤以"水轮三事"最为精巧，具备磨、砻、碾三种功能。科学是相通的，王祯对轮轴的研究之后又应用在活字印刷上，并成就了一个地名"版书"。

王祯编书立足全国，既记载适于北方收割的"推镰"，又有便于江浙的"耘荡"。劳动人民的智慧是无穷的，元代在过去已有耧车的基础上，创新出"粪耧"，用于播种的同时又能施底肥。《王祯农书》记载说："近有创造下粪耧种，于耧斗后，别置筛过细粪，或拌蚕沙，耩时随种而下，覆于种上，尤巧便也。"集播种、施底肥于一役，大大提高了生产效率。元代创制和改进的新式农具，还有镋锄、秧马、铲、鹏刀、瓠种……这些，《王祯农书》均有详载。

王祯注意到了局部和整体的关系。在《农桑通诀》《百谷谱》和《农器图谱》三大部分之间，既相对独立又有内在联系，比如《农器图谱》介绍农器的历史形成以及在生产中的作用和效率时，又常常涉及《农桑通诀》和《百谷谱》。单个部分，比如《百谷谱》论述各个作物的生产程序时也兼顾着它们之间的联系。

"授时指掌活法之图"和"全国农业情况图"也是《王祯农书》的首创。"授时指掌活法之图"是对历法和授时问题所作的简明小结。该图又用到了王县尹的强项：轴。以平面上同一个轴的八重转盘，从内向外，分别代表北斗星斗杓的指向、天干、地支、四季、十二个月、二十四节气、七十二候，以及各物候所指示的应该进行的农事活动。

※ 作者父亲作为专家被派往非洲指导农业

把星躔、季节、物候、农业生产程序灵活而紧凑地联成一体。将"农家月令"的主要内容用一张小图来表达，简单明了，使用方便，是个令人叹赏的绝妙构思。

王祯本身就是一所大学，他是个农学家、发明家、作家，还是个画家，但他一生只潜心做一件事。就像一个行者，目标在远处，一路走来，却收获着星光、月色、艳阳与花香。

我心中还有两个偶像，林巧稚和特蕾莎。林巧稚一生只做了一件事：当一名妇幼医生，医院说如果生孩子会被解聘，她毫不犹豫地回答："我不结婚。"于是，一辈子，她接生的孩子无以计数，却没有自己的孩子，这在多数女人生命中的大事，于她却是无关紧

要。特蕾莎修女一生只做一件事：帮助穷人。她的眼里，没有战争、
没有自己，不关注总统改选，不关心领土纷争。卖掉奖章、取消盛宴，
穿最便宜的衣服、住最简陋的房子，倾其所有、用尽一生帮助穷人。
我相信他们在做这些事的时候并没有关于名利的欲望，当一个人心
里只装着一件事的时候，其他都是浮云。

　　旧时候，一切都缓慢，日色变得慢，马车走得慢，路却很远，
一封信要很久才能送到，一生的时间只够爱一个人，一辈子只来得
及做一件事，如此的单纯，多好啊！必定会心无旁骛地认真去爱，
去做，无须选择，无须犹豫。

※ 那时候

戏

我不知道戏班子平时都藏在哪里。

村仓库前的晒稻场，不晒稻的时候，人影都没有，偶尔几只麻雀飞来检查坦场的缝隙角落，负责收集去年散落的几粒稻谷。仓库的墙壁，"农业学大寨"几个字残缺不堪。

但只一夜间，那里就成了最热闹的地方。戏台子搭起来了，幕帘拉起来了，小孩子们奔走相告："今晚要唱戏了！"

晚饭比平时都早，隐约传来的二胡声让我心如猫挠，外公还在猜测今晚唱哪一出，我不停催促，一撂下碗，抓着板凳就往晒稻场跑。

已经放了好些凳子，早来的姨啊婶啊大嗓门聊着天，避免她们的声音被音乐压下去；孩子们在凳子间毫无缘由地跑来跑去，尖声喊叫试图引起别人的注意，如果得到戏班里人的训斥，反倒令他们更兴奋，叫得更欢。

※村仓库

　　我很快找到了小伙伴。女孩子总是对后台充满好奇，我们小心地绕到后台，羡慕地看着艳丽的戏服、耀眼的首饰。演员们正在化妆，脸上厚厚的粉，红的白的，看不清原来的模样，眼描得很黑，眼梢上斜，个个英气逼人，令我们充满莫名的敬意。女角梳着高高的发髻，满头钗啊花啊，还有那种"金步摇"，走起路坠子轻摆，仙子一般。

　　我们窃窃私语："是什么做的？""不知道……""肯定是金的！""我家里也有，在我奶奶箱子里！"

　　戏终于开始了。我喜欢看女角，如果男角，要打来打去的那种。咿咿呀呀，上来的却是个挂了长胡子的老生，不知道唱什么，一句

※ 江村唱戏

话拖上老半天，似乎唱了很久，还在一人咿呀。我开始不耐烦起来，在外公身边扭来扭去。外公说一会儿会有女角唱的，忍着性子等……困意袭来，挣扎着撑开眼皮……张望寻找小伙伴们，都在各自大人身旁无精打采……终于换了一个，却是个老的女人，声音凄厉高亢，先说了一段快的，把瞌睡赶走了些，接着又开始拉长，比先前的还要长。也许唱得很好，大人们眼睛发亮，有女人开始抹眼泪，我还是听不懂。总是等不到那个仙子，我吵闹着要回家。外公磨叽半天站起身，一边走一边跟着台上哼。我打赌他看了不只十遍了。

农村人家办白喜事的最高规格是请台戏班子来唱戏，至少连唱三天。这是村子里最热闹的时候，邻村的也会赶来。通常唱的是京剧、黄梅戏和越剧，还有庐剧和目连戏。黄梅戏和越剧班子的妹子

※ 唱戏的孩子

最好看，个个水灵灵的，特别是越剧，整个班子都是女的，男角也是女子演，很养眼。庐剧老人们爱看，村子里有些从皖西大别山、巢湖一带移民来的，看见庐剧班子特别亲切，场场不落，这个村那个村到处追着。

我们小孩子喜欢目连戏，诡异又有趣。村子里有自己的戏班，二十多人，生、旦、末、净、杂、襟一应俱全。每年农历七八月份，也就是农闲时节的晚上演出，一本七折，连演七晚。这个戏班子很出名，经常被别的地方请去。

后来了解到，目连戏始于明代，是目前有据可考的第一个剧目，中国戏曲的"戏祖"。目连戏基本唱腔为"徽池雅调"，戏中有锯解、磨研、吞火、喷烟等特技，又有盘叉、滚叉、金钩挂玉瓶等舞蹈动作，还有金刚拳、武松采花拳、五龙出动拳诸多拳路，不同的表演形式被巧妙地融入剧情当中，成为表演武戏的特殊招式。

没有哪个戏像目连戏那样，集戏曲、舞蹈、武术于一身，还融合着民间杂耍，翻桌、蹬坛、跳索、钻火圈，表演起来精彩纷呈，看的人目不暇接，极为过瘾。看目连戏从来是不打瞌睡的，单是开场就惊人一身汗！搭台前，先在台前竖一数米长杆，上置油灯，一人口噙烟火，两手握杆，两脚蹬在杆上，"噌噌"数步，爬至杆头，将灯点燃。然后头冲下，双臂悬空平举，两腿勾住木杆，"哧溜"滑到地。"点灯"之技，难度大，险度大，能者寥寥无几。

演出期间，演员、观众都会"吃斋"（食素），好像是个传统，想来是与目连戏所宣扬的道家教义有关。

目连戏主要剧目为《目连救母》，说的是善人傅相济孤扶贫，乐善好施，供佛成仙。其妻刘氏却不敬神明，触怒上苍，被打入地狱，受尽折磨。儿子傅罗卜（目连的俗家乳名）孝母情真，地狱寻母，历尽艰险，终于感动神明，救母脱离地狱。最为催人泪下的是刘氏唱十月怀胎那一段："正月怀胎正月正，好似露水洒娘心；二月怀胎桃花形，手酸脚软步难行……六月怀胎三伏天，堂前扫地难转身……"一直唱到十月，把做母亲的艰辛唱得感心动耳。目连是

※打棍求雨

佛祖释迦牟尼十大弟子之一，目连救母的故事起源于西晋，唐宋及元代就有关于目连的变文和杂剧。

我小时候的梦想就是进戏班子，成为仙子一样的美女，在台上水袖轻舞，最好是黄梅戏的那个班子，唱起来跟山雀一样。听小伙伴说，年长的男子是班主，他同意就可以了。清晨还没开场时，我让她陪我去找班主，远远看见晒稻场上有演员在排练，劈腿、下腰什么的，还有的在吊嗓子，清脆好听，如果也能加入她们，那我是不是每天也这样唱啊，舞啊，到处是热烈的掌声？想想心都要飞起来！但是没见着班主，也不敢去打听。围着戏台转悠了很久，班主来了。"来了来了！"小伙伴扯着我的衣袖，我脑袋一热，紧张得

※ 舞韵

拉起伙伴就跑——往回跑！一口气跑了很远，伙伴问："你不是要去唱戏吗？跟他说啊！"我一边喘气一边摇头，为自己的懦弱深深悲哀。

戏是没学成。

演戏的梦却依然占据着少女心。这个伙伴祖上是地主，家里颇有些好东西，她悄悄地告诉我，过两天奶奶走亲戚，可以去她家扮唱戏的小姐。我们还约了另个女生。

伙伴打开奶奶的箱子，我们瞪大眼睛看她小心取出一个包裹，层层手帕包着一堆戒指、耳环、簪子什么的，还有金步摇……可惜都没有舞台上的好看，色泽灰暗——不管了！大家手忙脚乱地扮起来，伙伴还找出了她妈妈的围巾、枕巾什么的，让我披在臂上挥来挥去，寻找水袖轻舞的感觉。我一边舞一边晃着脑袋，摇着那个金步摇的坠子。"像！像像！"我俨然成了后花园的大家闺秀，陶醉在小姐公子的故事中……

这出戏以伙伴挨一顿揍终结，听说那些个耳环戒指什么的是她

※ 舞

家祖传宝贝，值钱得不得了！

戏一结束，好像我也走过了少女时代。我跟着爸妈搬到了镇上，又搬到城里，唱戏啊，晒稻场啊，小伙伴啊……离我的生活越来越远了。村子里很久没演过戏了，回老家时，妈妈给外公带去了一个小录音机，全是戏曲磁带，外公乐开了花。

接着，外公也离开了我们。

那个黄昏，我独自走到晒稻场，仿佛只一夜间，热闹又藏了起来，咿咿呀呀、水袖轻舞……冰封在永不回来的岁月里。村仓库已拆了，坦场还在，石缝里找不到一粒稻谷，儿时的种种就像一出已闭幕的戏，或者并没有闭幕，不过是半场结束，我的戏仍在演着，只是爱戏的外公离开了我的舞台。可是外公，你是否仍在我看不见的地方，在你的舞台上，微笑地，看着我的演出？

马兰开花二十一

马兰开花二十一，二八二五六，二八二五七，二八二九三十一……记得吗？小时候跳皮筋时最常唱的一首歌。

每个女孩子都跳过皮筋，至少在旌德是这样。拥有大卷皮筋是阔绰的孩子，我们班一个女生，妈妈是裁缝，她可以从家里皮筋堆里任意剪上一段，红的绿的完全凭自己喜好，做裁缝的妈妈令她变得十分富有。自然，裁缝姑娘也是跳皮筋最好的。

跳皮筋通常三人，把皮筋两端结起来形成一个圈，套在两个女生的腿上，中间绷直，就像平行的两条线，剩下的女生高高兴兴地一边唱一边跳——跳皮筋可不是件容易的事！皮筋在腿上绕来绕去，有时需要踩住，有时两脚穿插，看着都让人眼花缭乱，而且每首歌的跳法都不同。皮筋先是放在最低的脚踝处，再小腿，再大腿，最高到腰，全部跳过就成功了！跳错了就站着套皮筋，换个女生跳。

如果没有小伙伴，也没问题，孩子们有的是办法！套在板凳脚上，照样跳！

假如女生多，就分两组，各选一个队长，石头剪刀布，谁赢了谁先挑人，跳得好的孩子就牛啦！争着要！挑选人还有手心手背法；点兵点将法——点兵点将，骑马打仗，有钱喝酒，没钱滚蛋——这个方法通常用来逮人或捉迷藏用，奇怪的是被点到去逮或捉的总是那个最孤僻的小孩。

我喜欢那种做城门挑人的方法。两个孩子向上伸着双臂，彼此手心相碰形成一个拱门，大伙儿排着队，一边唱"城门城门几丈高，三尺八寸高，骑大马，带洋刀，问你吃橘子吃香蕉"一边穿过拱门，这时做拱门的孩子放下手臂一个个套住小伙伴，问吃什么？吃橘子的站一边，吃香蕉另一边，不能全部吃一种哦！必须均衡。孩子们都很自觉，即使万般不情愿，为了平均也会放弃和皮筋明星做一组。

※ 老照片：共读

疯跳皮筋那会子我弟弟还是个成天躺在摇篮里的小家伙，特别烦，摇篮停下就会哭。爸妈都忙，

※ 追逐

摇摇篮是我的工作。那时我家住在农场宿舍，摇篮放在过道，走几步就到了门口，我总是使劲推下摇篮，让它摇的时间尽可能长，然后赶紧跑出去跳皮筋，跳一会再进来推下。谁知有次用力过猛，摇篮倒扣过来，直接把弟弟摔在地上，把我们脸都吓白了。

跳皮筋一定是要唱歌的，可多啦！《马兰开花》是一首，还有《小河流水》：小河流水哗啦啦，我和姐姐去采花，姐姐采了三斤半，我只采了一朵花。

马兰一定是特别招人喜欢的姑娘，她的歌最多，还有一首：马兰花，马兰花，风吹雨打都不怕，勤劳的人们告诉它，请你快点来开花。后来放了一部童话电影，叫《马兰花》，在小学操场放的露天电影，还是黑白的，勇敢美丽的马兰姑娘变成了一朵花。

※ 锤子剪刀布

　　女孩子们扎着马尾或麻花辫，彩裙在风中飞扬，脸蛋红扑扑的，眼睛晶亮亮的，多么像一朵花啊！

　　农场的孩子多啊！加上旁边村里的，好几十个！乡里只有一所学校，我们都是同学，一起上学，一起放学。我家门前是个很大的晒稻坦，放学做完作业伙伴们撒腿就往坦上跑，捉迷藏、警察抓小偷，调马兰……

　　调马兰是把一堆孩子分成两组，每组手拉手站着，开始唱："天上掉马兰，马兰花不开，快把谁谁调过来……"唱到名字的孩子就从他的队伍中跑过来撞对方最薄弱的手，撞散了就挑个孩子带回自己队伍，没撞散就被对方俘虏了，变成对方队伍的人。所以大家使劲拽着手迎接撞击。但这个游戏家长后来不许玩了，因为一个孩子手脱了臼。

女生的游戏怎么能够没有跳房子和踢毽子呢？

我不记得班上学习最好的女生，但记得那个毽子踢得最好的，个子不高，皮肤黑黑，酒窝，踢起来像灵巧的小燕子，穿花打跳什么都会，毽子似乎长在她的脚上，根本不会掉。课间游戏如果是踢毽子，那就是大伙围成一个圈看着她，一边齐声惊喜地数：九十九、一百！

简单的毽子是把纸剪成很多细条，中间用线系上，下面包个小铁环，就成了。豪华版的当然是金毛公鸡毽啦！用布将两枚铜钱缝在一起，安上空心鹅毛杆，越粗越好，然后插满漂亮的大公鸡羽毛，要金色的哦！从一年级开始，我就渴望有这样一个毽子，攒着外公给的两枚铜钱，盼望妈妈春天孵的小鸡快快长大！那年，妈妈特意养了好几只大公鸡，所有漂亮的羽毛都用书细心地夹着，直到现在我的语文书里还夹着一直没有变成毽子的羽毛们。最困难的是鹅毛杆了，几乎没有养鹅的人家，所以直到四年级，我的毽子工程还未完工。这几乎成了我童年最大的遗憾。

孩子们的"房子"几分钟就建成，在地上画几个格子，就是我们的家，找个瓦片就可以在"房子"里播种快乐！跳房子应该是个

※ 跳房子

古老的游戏，我的妈妈房子跳得非常好，她说自己小时候，外婆成天给她做鞋子，跳房子费鞋啊！没几天底就磨一层。但没有哪个妈妈会因为费鞋而阻止女儿们的快乐。

孩子们的家也是分分钟就可以成立，一个男孩子一个女孩子就有爸爸和妈妈，一个布娃娃就有了宝宝，摘几片树叶可以做炒青菜，铲一捧沙是一碗饭，没有争吵没有烦恼，只有温馨和甜蜜。过家家，扮新娘，我们会用指甲花涂指甲，用红纸染脸颊，把红薯杆折成一小段一小段挂在耳朵上当耳环。

最热闹的游戏是"月夜看瓜"。一大群孩子围成一圈扮西瓜，中间一个孩子是看瓜人，圈外一个孩子扮偷瓜人，一边走路一边故意咳嗽，告诉别人自己要来偷瓜啦！然后开始对话："喂！你是哪一个？""我是走路的哦！""走大路还是走小路？""走大路！""大路有水。""那走小路！""小路有鬼。""走山上？""山上没路。""走田里？""田里有瓜。"偷瓜人等的就是这一句，但还装模作样地继续问："冬瓜还是西瓜？""西瓜！""西瓜熟了吧？"看瓜人似乎知道上当了，赶紧回答："早呢！才打花扭呢！"偷瓜的才不信呢！假装四周望一望，蹲下去摸个西瓜的脑袋，做出抱个西瓜的模样撒腿跑，看瓜人机敏地去逮。逮住了，偷瓜人唱一首歌；被溜掉，自己唱一首歌。每做一次游戏就重复一次台词，无数遍，

※ 伙伴

但总是趣味盎然，从不生厌。这个游戏很古老，从清代就开始了。几百年过去了，科技日新月异，文化却一直传承。多奇妙的事！

我熟悉男孩子的游戏是因为我有个表弟。他有很多纸折的片子，热衷于和人"打片子"，用自己的片子把别人的打翻身就赢了，所以他爱用尽量多的纸将片子折得又厚又大，打下去风力足，不打翻别人才怪！或者是掷铜钱，现在想起来真是奢侈啊！那么多古董就成了男生的玩具。画个圈，玩的男孩子一人一枚，码起来放在圈中，不远处画条线，男孩子站在线外，一个个拿手中的铜钱去掷圈里的，跑出圈外的就是自己的了！男生的游戏都是不需要智力的，可见在

※ 课桌乒乓

小的时候，女生更聪明。我外公有好多铜钱，他小时候也掷，这个游戏一定流传过好几代。我表弟输光了就去给外公捶背，一会儿又可以再去参加游戏了。

男孩子们后来风靡打弹子，就是玻璃球，有大有小还有球里带花的。在地上挖几个洞，叫作"打老虎洞"。用玻璃球弹玻璃球，把球弹进洞里就成功了。高尔夫球和这个差不多。别看大人们的游戏好像很牛气，其实孩子们都玩过，只是孩子们懒得说。最厉害的男生赢了一把球，装在上衣口袋里，走起路来撞得砰砰响，得意地在女生面前走来走去，我们都莫名其妙地看着他。有次我爸出差，回家带了一袋玻璃球——一袋啊！我弟眼都绿了，不幸的是，接下来他就转学了，和我一样转到了城里，而城里男生已开始在课桌上用铅笔盒打乒乓球了。

邻居家有个小哥哥，那会子读初中，在小学生的我的眼里是个大英雄，因为他玩"斗鸡"把腿斗断了。斗鸡是好斗男生钟爱的游戏，金鸡独立式，手抓住弓起来的那只脚踝，用膝盖撞击对方。小哥哥赢了，后果是一个月没上学，他自豪地让我看他腿上的疤痕："缝了七针！"我摸了摸，疤痕硬硬的："痛吗？""当然啦！"他更得意了，"我没哭！一点没哭！"

小哥哥完全康复时已经初夏了，斗鸡再也不被允许了。周末时，他带我去田边摸螺蛳，说起早摸最好。天还没亮，一人提着一只篮子，我紧紧跟着他，他说这片田里螺蛳多，你在这摸，我去旁边。我哪里敢，他到哪我跟到哪，他着急了："跟着我，我摸过的田你就摸不到啦！"我还是跟着。摸完了，他看着我薄薄的篮子，叹口气，哗啦啦地将他摸到的全倒进去。

不能斗鸡的小哥哥不安于寂寞，木块削成陀螺拿鞭子抽，陀螺转得飞快，他抽一鞭子就去打会弹子，我急着叫："快停了！快停了！"他很淡定地过来再抽一鞭子，力度把握得非常好，陀螺根本停不下来。然后，农场的孩子们都开始了玩陀螺。

我的童年有明确的截止日期，转学到城里时戛然而止。我收拾好书包，跟着搬家的车子离开了农场，那一刻，似乎只有我一个人走出了童年，而我的伙伴们仍留在那个叫童年的房子里，房子里都是笑声，没有人注意到我的黯然离去。

※ 童年

　　刚进城的我很悲伤，几次暗示想回去，但大人忙自己的，根本没明白我说什么。

　　我是一定要回去的，我暗暗地想，只要我回去了，就能再走进那个叫童年的房子里。

　　很多年后，当我长到比少年还大的时候，我终于回去了，和弟弟一道。稻田还在，我们曾经的屋子还在，裂了缝的晒稻坦还在，甚至还在裂缝里找到一颗黄豆，是小时候没发现的那一颗吗？中间的水泥坦，是我们玩月夜偷瓜的地方；树下，是我们过家家的地方；门前，是我们跳皮筋的地方；过道，是放弟弟摇篮的地方……一切都是原来的样子，似乎还能看见陀螺飞转，女孩们的裙子飞扬，"我藏在这儿，快来捉我啊！"那些奔跑的小伙伴们呢？他们去哪了？躲在哪里和我捉迷藏，还是被风吹走散落在天涯？

　　马兰开花二十一，二八二五六，二八二五七……

　　童年，我回来了，但你，却走了。

章铁匠

收拾旧物时，一枚铜戒指从盒子里滚落出来。

没有花纹没有装饰，朴实笨拙，在戒指的背面标记着一个小小的"章"字。

这是一位铁匠的作品。用粗犷的工具打造这么精细的饰物，可花了他不少心思。一枚铜钱打一枚戒指，孙辈中的女孩儿一人一个，包括我。

这个我认识最早的章铁匠是我的外公，实际上，外公的父亲、外公父亲的父亲都是章铁匠——外公拿出戒指时，我们都笑了，从没有见过这么难看的戒指！粗犷简陋，虽然被仔细地磨光敲平，但仍然毫无光泽。没有谁戴过，爱美的表姐妹们早都不知把它扔到哪里去了，还是小丫头的我看了一眼，放进了装各种零碎的盒子。

我是在铁匠铺里长大的，小时候特别喜欢拉风箱。铁匠铺里砌

※ 传承

　　着火炉、燃着煤炭来煅烧铁坯，火炉连接处放置着手拉风箱，用来控制炉火温度和力度，也就是掌控火候。

　　拉风箱一般是徒弟的活，外公的徒弟我都认识，大多沉默憨厚，胳膊健壮有力，常常把我高高抢起。徒弟穿着白背心——再热都不能裸着上身，滚烫的铁屑会溅在身上，徒弟们的背心上全是一个个小窟窿。打铁需要两个人互相配合，徒弟拉风箱，风足火旺，烈焰舔着铁块，嗞嗞响着，不知是谁发出的声音，烧肿的铁块像太阳般灼热而闪着白光。我盯着火炉，估摸着再烧会儿，它就变成了一只火鸟飞走了，但每次还没等它展出翅膀，就被外公迅速钳出来，一路爆着火星，放在铁砧上。外公使小锤，在需要打的部位点一下；

徒弟抡大锤，对着师傅指点的位置落下，一起一伏错落有致。烧热的铁块软和，所以须趁热打铁。锤打中，斧头、菜刀、剪子渐具雏形，铁块也逐渐冷却，如同夕阳般收敛了光与热，亮白变红又变成深红，直到恢复黑色。这个过程需要重复一次，拉风箱、烧铁块、不断锤打……直到细节雕琢完美。

外公是打铁世家，有自己的经验方法，他反复地告诉徒弟们，打铁的窍门在于"加钢""煮火""蘸火"。他总是一边说着要领，一边将一枚钢的印章敲在作品上。印章上是一个篆体的"章"字，这是外公的商标。章铁匠十里八乡颇有名气，来选购的村民每天络绎不绝，几乎每家都有他的作品，甚至皖北、江西、浙江的人专程来买他的铁器。

我的小舅后来也成了"章铁匠"。小舅当时聪明用功，正在学校发愤图强，但外公需要衣钵传承，软硬兼施，硬是将一个好学生变成了好铁匠。

我的外公显然很热爱他的事业，从十五岁开始学徒，除了春节放假三天及节日提前收工外，风雨无阻。他似乎从不生病，一拿铁锤就双眼放光，完全陶醉在作品的制作过程中。那时的铁匠铺叫"铁业社"，是个很高很大的房子，弥漫着铁屑、煤和汗的气味。开工时，火炉一列列排开，像熊熊的小太阳，叮叮当当的声音此起彼伏，如

声势浩大的合唱，几十个铁匠，满脸尘灰，汗流浃背，在起起落落地挥舞着他们的岁月，实际上这些铁匠都是我外公的徒弟们。后来，作为负责人的外公终于到了退休年龄，戴着红花被队伍敲锣打鼓地送回家，"光荣退休"的牌子挂在墙上。歇了三天的外公狂躁不安，第四天拿着铁锤又去了铁匠铺，从此再不退休，直到彻底病倒。

　　打铁除了给外公带来美誉、归属感、引以为傲的事业及无数满意的作品外，也赐予他耳聋、厉害的驼背及全身的酸痛，这种不适在年老时尤甚。

　　小时候的我常在夜里听见隔壁房间外公呻吟，"哎哟"的叫唤声，夹杂着外婆心疼的抱怨，警告他不能再抡铁锤了，但第二天，外公又像看见太阳忘了做房子的寒号鸟一样，扛着铁锤飞奔而去。

我的小舅在继承外公技艺的同时，也继承了外公的耳聋与驼背，并且如外公一样，很快麾下弟子成荫。

徽州地区拜师是很讲究的，先得请中人向师傅说合，师傅觉得是个坯子才会同意。打铁是个辛苦活，又是个技术活，师傅会选能吃苦又比较机灵的小伙子为徒，之后择吉日设宴，写拜师贴，行拜师礼。拜师礼为三、六数，意为"三十六行，行行出状元"。拜师程序首先拜李老君——老子李耳，据说是铁匠业的祖师爷，拜祖师爷保佑自己学业有成；再拜师，扶师傅师母坐上座，学徒三叩首，跪献红包和投师帖子；然后师傅训话，宣布门规。

学徒期间没有工资，师傅管吃管住，每季做一套衣服。通常第一年打杂、第二年学艺、第三年满师，之后再给师傅帮工一年作为实习期。满师后办"出师酒"，酒席上，出师的徒弟向与师傅一脉相承的同行送红包，称"坐凳礼"。师傅将自己碗里的饭拨出一半给徒弟，象征徒弟的手艺是从师傅这里分得的，也表示师傅有事做，徒弟也饿不着。这时师傅便将准备好的一套新工具送给徒弟，让其另起炉灶。

俗话说"生我者父母、教我者师傅"。传统的师徒关系如同父子，一入师门，全由师傅管教，父母不再干预。每年大年初一，徒弟第一个肯定是给师傅拜年，所以小时候，年初一外公家的人特别多。我至今还记得那些徒弟们：小嘴巴、罗卜、小狗子……每天傍晚歇工回来，就像自家一样，徒弟们就忙开了，劈柴、挑水、摘菜……每次吃饭都跟过节似的满满一桌菜。外婆很贤惠，待他们如自己的孩子，徒弟们也师娘师娘叫得亲切。

我的小舅读的书多，也聪明，是外公最得意的一个徒弟。我会唱的第一首儿歌就是小舅教的：

　　章铁匠

　　会打铁

　　打把剪子送姐姐

　　姐姐叫他歇一歇

　　我不歇

　　我要回家去打铁

我认为歌里的章铁匠一定就是小舅，而我妈妈就是那个姐姐，所以小舅每到我家来，我就拿剪子让他磨。

十年如一年，一年如一日，仿佛并没见几次日出日落，小舅在年复一年的锤打中也开始声名鹊起。看着小舅熟练地在每把菜刀上敲上"章"字，我明白，小舅已成了十里八乡都知道的章铁匠。

传统一直在延续，带徒弟、拜师、出师……日子一天天平静地过着。

但是，渐渐地，年初一不那么热闹了，徒弟们有的不打铁了，打工、做生意，一个一个往外跑，春节也不回家，只能电话拜年！铁匠铺里的人少了很多，有些冷清的样子。

终于有一天，小舅带不到徒弟了！

打铁是两个人的活，带不到徒弟的小舅心急如焚。大家四处寻徒，但现在随便找个工作收入都不比打铁差，谁愿意吃那个苦呢！何况工厂成批量生产的铁器，多得是！

家里甚至开始建议家传的手艺就到此为止吧！

铁匠铺最终只剩下小舅的铁锤独唱，如孤独的舞者，落寞地坚守着。更多的时候，火炉熄灭着，铁锤架在铁砧旁，小舅胡子拉碴、

※第六代章铁匠

蓬头垢面坐在空旷的铺子里，发呆。

我不知道小舅是如何解决的，直到再去铁匠铺，诧异地看到大表弟稚嫩的身影。

大表弟刚刚高二，成绩优秀，对未来充满憧憬，常和我商量将要报考什么专业、将要去哪个城市、读哪所大学。忽然让他放下钢笔拿铁锤，内心的挣扎、痛苦、矛盾与反抗我不忍细问，只知道小舅说了一句：你是家中长子，祖传手艺不能丢！

大表弟在铁匠铺开始了学习生活，偶尔有背书包的同学经过，表弟脸上就不平静起来。年少的表弟对责任两个字的理解也许并不深刻，但有一点他明白，理想就此埋葬，自己的人生从此别无选择。

徒弟是再没有带上，年轻人一个个去了大都市，读书或工作，大表弟早已出师，只能一直和小舅配合。朝朝暮暮的锤打中，表弟渐渐背阔膀圆，抡锤的胳膊如力量之舞，娴熟而优美。小舅时常拿起表弟的作品，仔细研究，露出欣赏的微笑。乡亲们站在门外叫："章师傅，拿把菜刀！"表弟应声而出。真快啊！那个十里八乡有名的章铁匠，已经由大表弟担任。

其他表弟并没有再走铁匠之路，考上大学匆匆溜之大吉，小舅也不再勉强。

铁匠铺里只剩下小舅父子，热闹都成为过去。大表弟的同龄人在村里几乎都找不到了，而除了送货，大表弟几乎没离开过铁匠铺，更不要说离开家乡了！铁匠铺在马路旁，休息时，大表弟会靠在门口看着来往车辆出神。每每外地回来的同学在铁匠铺神侃，说着新奇的见闻、精彩的世界，说着没听过的新鲜词，说着日新月异的变化，小舅的眼里总是充满愧疚，尽管大表弟从不曾埋怨。

我的三表弟大学毕业后留在了上海，开了几家网店，生意做得风生水起。深知哥哥心思的三表弟回家过年时，带来一台电脑，大表弟爱不释手，显然电脑带给了他不少信息和知识。和大表弟交谈时，他的眼里闪烁着希望和热情，我似乎又看到了那个成绩优异、勇于担当的中学生。

※ 流光岁月

徒弟是再也带不到了，大表弟网购了空气锤，劝小舅退休。

最初小舅很是怀疑，启动开关，锤打的频率与力度让他放下心来。大表弟告诉我，使用空气锤后，日产量一下子提高很多，成品质量也更加统一。空气锤顶替了小舅的位置，小舅放心地到上海大都市开眼界去了。

一个月后，小舅回来了，让我赶紧回老家商量事。

原来，小舅去东方明珠游玩，参观博物馆，兴奋地发现竟然有铁匠技艺的展出，包括行业介绍、工具、技艺内容，其中展示的风箱构造有差错。小舅便找到博物馆工作人员，指出展示中的问题，表示家中有祖传数代的风箱，还有其他工具愿意捐出，让更多的人了解这个即将消失的传统行业。工作人员非常高兴，立即请示博物馆负责人。馆长详细向小舅咨询了铁匠行业的专业性知识，对小舅数代相传的技艺赞叹不已，鼓励小舅通过当地政府来捐献。

受到启发的大表弟联系自己数月来的思路，很快有了计划，说已经和学传媒的同学说好了，拍一个以铁匠行业为主题的微电影，让我帮他申请非物质文化遗产。"表姐，这部微电影的主题歌就用那首儿歌！"表弟目光闪烁，"章铁匠，会打铁，打把剪子送姐姐……"

三表弟将帮他开网店。

"表姐！这些产品不再是简单的生产和生活工具，它们也是几千年中华文化载体，人类智慧的成绩，我要赋予它们文化与艺术的元素，把它们打造成手工艺术品，让每个作品都具备单一性，体现独一的自我特征。而且，作品实行终身保修，充分体现对消费者的尊重。"

表弟打算和旅游部门沟通，将颇有历史的铁匠铺修葺一番，改造成一个文化体验馆，作为景点加入当地旅游线路中，让来徽州旅游的游客亲自动手，学习拉风箱、打铁，制作一个自己的作品。

表弟接下来准备收集与铁匠行业有关的物品、资料，建造一个博物馆，完整地向人们展现铁匠行业的历史、发展与变迁。

"所有的都包括线上与线下！"表弟神采飞扬，"地球是个村，我不仅要让铁匠铺走出安徽，还要走向世界！"

我问表弟，是否有过放弃的念头，他说：看着别人纷纷去都市结识新事物，他有过羡慕；招不到徒弟他有过着急；行业越做越窄他有过担心。但是放弃，从来没有，他一定会让传统的行业发展下去！

当社会纷腾变化时，总需要有一些人坚持；当大多数人内心浮躁时，总需要有一些人沉着；当人群转身离去时，总需要一些人静守。将传统载上发展的飞车，让其与创新完美结合，既保留，又突破，这才是最好的传承！

我把外公的铜戒指套在手上，很朴素，仿佛又回到多年前热闹的铁匠铺子，耳边响起儿歌——

　　章铁匠

　　会打铁

　　打把剪子送姐姐

　　姐姐叫他歇一歇

　　我不歇

　　我要回家去打铁

※ 打把剪刀

有比版书更好听的名字吗

我必须再一次写到王祯。

如果可以穿越，我希望能站在他面前问他：那么多人追逐名利，你何以能在小小的徽州一隅，安安静静地种地、写书、刻字？这个儒雅的后生，想必会从如山的纸稿中抬起头来，看着我，笑而不答。

知不知道？你留给了这里，一个如此动听的名字。因为你，那个浓浓墨香的村子，从此叫"版书"。

年轻的县尹王祯，除了惊世之作《王祯农书》，还编写了《旌德县志》。我总认为能编县志一定是了不起的人，守得住清贫，耐得住寂寞。王祯来旌德第三年，编成县志，印刷地选在后来叫版书的地方。六万余字，工匠们制木活字三万多个，不出一个月而百部齐成。

实际上，从两宋到近代，徽州的刻藏书文化浓郁、天下闻名，造就了庞大的刻工队伍，涌现出大批巧匠人才；镌刻世家名手辈出，家传户习。以刀代笔的旌德刻工在这支队伍中出类拔萃，而这些高手就集中在版书。

版书最早的刻工据说是一对兄弟。哥哥在竹签上刻出文字或图案，弟弟用锅底灰和水做成"印泥"，然后将竹签蘸上"印泥"印在纸上，文字图案便昭然显示，且可成批印制。

版书在旌德和绩溪二县交界处，是古旌绩驿道必经之地，又临近旌德县城，交通十分便利。周围群山环绕，山势峭拔险峻，峥嵘奇伟，是一个山川秀丽、古木参天、

※《旌德县志》

物产富饶的地方。优越的地理和气候条件，使之植物种类繁多、树种资源丰富，尤其盛产刻书所需的木纹细密、质地坚硬的枣木、梨木、黄杨、白果等。占据天时、地利、人和，版书理所当然地在刻书界力拔头筹，二十世纪五十年代还能发现署名"旌德版书印行"的书籍和标号。

似乎冥冥之中被指引，王祯来到了旌德，显然这是片让梦想成长的土地。《王祯农书》诞生了，为了使内容更详尽，他绘制了

※ 木活字

三百零六幅农具和机械图，每图后附一文，说明它们的构造、演变和用法。他把农书当成自己的孩子，父亲最钟爱的女儿，精心呵护培育，女儿长成，交付印刷，毫无疑问地选择了版书，只有这个人杰地灵的地方才配得上国色天香的佳人。

王祯细心把控着每个环节，不满意传统刻版费工费时又费料，也不满意泥活字粗糙易损，决计改进。他先请书法名手写出字样，糊于木质很好的方木上，由刻工雕刻成阳文反体字，再锯成单字，逐个铲修，使之大小高低完全一致。刻好的木活字，按音韵次序排列。排印时拿木板作底，四周用竹片拦紧，将木活字行行排满、个个垫平，中间以薄竹片隔行，并楔紧固定。然后上墨铺纸，用棕刷顺界竖直刷印。于是，木活字印刷由此诞生。

※ 转轮排字法

　　热爱轮轴的王祯，又一次把热爱用在了刻书上。他发明了转转排字盘，用于排放活字字模。字盘为圆盘状，分为若干格，字模依韵排列在格内，下有立轴固定于底座。排版时两人合作，一人读稿，一人转动字盘，取出所需要的字模排入版内，非常方便。印刷完毕后，将字模逐个还原在格里。王祯到底是农学家还是发明家暂且不论，转轮排字盘的发明却是排字技术上的一个创举。之前是"以人就字"，如同天上找星星，眼花人累，现在改为"以字就人"，排字工的劳动量大大减轻，直接从蓝领升至了白领——顺便说一句，那时候刻工还有个很好听的名字"奇觚匠"。

　　王祯的智慧由"奇觚匠"完美表达，木活字规格、种类、制作质量、排印技术日臻完善。细心的王祯把创制木活字的方法写成《造木活字印书法》，并绘制"活字韵轮图"附在他的畅销大作《王祯农书》后面，农书中他还对写韵刻字法、锼字修字法、作盔嵌字法、取字法、作盔安字刷印法等各项具体方法作了详细的记载。独特的推广方式，更令文化传播的速度如春风吹绿，一夜江南岸。木活字印刷术很快流传到少数民族地区，法国人伯希和曾在敦煌发现并盗走的，就是元代维吾尔文木活字。外国人眼精手狠，一口气盗走几百个，现存在北京历史博物馆的倒只剩几枚了。起于版书的木活字印刷术，影响着徽州乃至全国的印刷业，直到民国初年，徽州活字印本书籍仍绵延不断，在我国活字印刷史上占领着重要地位。

清代书法家张海鹏说："藏书不如读书，读书不如刻书；读书只为己，刻书可以泽人；上以寿作者之精神，下以惠后来之修学，其道更广。"近代藏书家叶德辉云："积金不如积书，积书不如积阴德，是固然矣。今有一事，积书与积阴德皆兼之，而又与积金无异，则刻书是也。"

在崇文敬礼的国家，文化底蕴深厚的徽州，奇劂匠定是个高尚的职业，每日与书与字打交道，身上淡淡墨香，如此卓尔不群的一类！奇劂匠以版书为起点，向周围快速辐射。

旌德汤村汤氏族人操持刻书业两百多年历史，很多户几代人都

※ 制墨

是奇劂匠。

汤炳南寓居南京，经营书坊，不但雕版印书，而且极力推广活字印刷，印制的作品大到经史子集，小到宗谱方志，连民间文学小说、戏曲唱本、杂谈传奇、神话故事等也应有尽有，成为当时出版中心金陵乃至苏常、吴兴、杭州一带有影响的大书贾。

汤复刻于顺治年间的《离骚图》，刀艺精绝，编入《四库全书》，很给家乡奇劂匠们争脸。这位汤老师不单单是艺术家，还特别擅长营销，在自家书中进行广告植入，印上价目单："枣板绣梓，刷印无多，今包刻价纹银壹钱伍分，纸选精洁者每部贰钱柒分伍厘，用上品墨屑并刷工馈柒分伍厘，共纹银伍钱，今发兑每部壹两，为不二何也，装订处增加贰钱。"精神物质两不误。

汤尚等人刊刻著名画家萧云从的组画《太平山水图》，刻画入微，轻重得宜、错综起伏、浓淡有味，线条细腻舒展、流水疏密缓急、村落井然有序、人物音容生动。著名收藏家郑振铎极为赞扬："图凡四十三幅，无一不具深远之趣。或萧疏如云林；或谨严如小李将军；或凡花怒放，大道骋驰；或浪卷云舒，烟笼渺渺；或田园历历如毡绞，

※ 隐龙湖

山峰耸叠似岛屿；或作危岩惊险之势；或写乡野恬静之态。大抵诸
家山水画作风，无不毕于斯，可谓集大成之作矣。"《太平山水图》
对后世影响一直深远，尤其对版画界。另一幅《吴波亭图》铁笔刻线，
细致流畅，运用不同的刀法对繁密山石、树木花草、行云流水一一
雕镂，轻重缓疾掌握得恰到好处，无一错乱。

　　汤族名作无数，不一一道来。

又一刘姓也高手如云，其中刘光旸尤为厉害，不仅能刻，还善于鉴别历朝宝器和名贤字画。某日应召进京，刻《快雪堂法贴》，刻石摹镌精良，顺治帝很满意。听说还擅鉴别，便以王羲之之墨迹试其才智，辨识无误，喜；又取外国进贡一炉，现场鉴定，刘大师竟准确报出为某朝某年乳母进献某太子饮乳御器，更喜，赐名"古董"，这御名可比荣誉证书分量重多了！

旌德刻工能人辈出，鲍姓同样名振业内。

有鲍承勋者特别擅长雕刻人物，刻有绘图本《杂剧新编》《怀嵩堂赠言》和《扬州梦》插图。重点是父子同刻的《秦月楼传奇》，以刀代笔，充分运用阴刻与阳刻，加强线条的变化来丰富画面表现力。刻线纤细精美，运刀纯熟自如，密而不碎，稀而不空，可看出刚柔轻重疾速转换的线条运用技巧，相当高超！《秦月楼传奇》插图刻技之精，被称为清初徽派版画代表作品之一。郑振铎在《中国版画史图录》中说："旌邑鲍承勋为清初之镌图名手，所镌有《秦月楼》及《杂剧新编》之插图等，此书尤为罕见，故收入焉……可见当时承勋声势之浩大。"他认为鲍承勋、鲍天锡都是旌德刻工高手，其技艺可与徽州版画刻工之魁首歙县虬村黄氏相媲美，并论定"承勋为徽派版画之殿军，实刻于苏州，为苏州版画之佼佼者，中国版画至康熙间犹方兴未艾，乃因鲍承勋、朱圭等名家出，使苏派版画崛起，有相帅领先之势"。

　　除此之外，旌德诸姓刻工，同样身怀绝技。

　　如今奇厥匠已成为历史，只有一个名字在徽州青山绿水间沁出淡淡墨香，每每写下"版书"二字，仍觉热闹的书市、飞转的轮盘、精湛的刀刻跃然纸上。时间是个奇怪的东西，能将曾经的寂静变得喧嚣，也能将过去的繁华变成沉默。难以想象旌德刻书鼎盛时期的风光，但一个地名，足以将你拉回到王祯身旁。

书信年代

　　我保留着几乎所有的书信。

　　在这个手迹稀缺的年代,是件引以为傲的事,至少我是这样认为。

　　冬日午后,我把书信们抱出来晒太阳,一封封黄色、白色的纸片铺散在我周围,花团锦簇,寄信人就像画纸上现身的仙人,一个个从信封上站起来,叽叽喳喳地围着我。

　　有的信封被极讲究地设计了,描着边画着画,甚至还涂上色,想象得出寄信人当时的认真和喜悦。没错,寄信其实是寄一份心情,这边寄出,那边收到,读毕,就懂了!信封上的字迹大多稚嫩,几封画蛇添足地写着"内详",让人忍俊不禁。如果注明"勿折",里面一准有相片,那会让收信的我惊喜又增添几分!

　　信件都依原样躺在信封里,等着我打开。

　　打开后又一番感叹:信纸的折法各异。你以为只是对折对折再

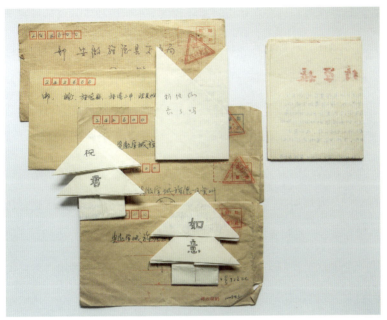

※ 信纸折成各种形状

对折？错！那只适用于男生寄给男生的信。女生收到的一定多姿多彩，可以正方形，可以长方形，最厉害的折成双心形！而且竟是一个男生寄来的，如此有心，可想信里的内容也是深思熟虑。

我拿起一页很特别的"信"。写在"大前门"香烟包装纸的背面，当然没有信封，我在阳光下眯着眼笑了。这是我外公的来信，他从不用信封，实际上他也不会使用。他的信总是托老村长捎来，老村长每月来一趟县城。捎信时千叮万嘱：一定要去我女儿家，她总盼着你去吃饭！我想其实是盼信吧！

铁匠生涯让外公在年迈时腰酸背疼，小时候我常常给他捶背，冬天外公穿着灰色老式棉袄，被阳光晒得暖暖的，盘扣，中式领，拱起来的背脊驼峰一般——记忆功能不只脑子有，手也有。外公去世很多年了，我的指尖还常常感受到灰棉袄带来的触觉，可惜总是不期而至，又稍纵即逝。

拿起信时指尖又一次触到了灰棉袄。我外公上过两年私塾，颇有文化，喜欢用灰蓝色的墨水笔，语言活泼不拘于形式。信到时我妈不在家，我爸和我都没看明白，原文："面，以长日子末家去……"第一个字就把我们集体打倒了，接下来半小时都在各种猜，直到我妈回来。我妈顺利地译出全文："女儿，这么长时间没回家……""等等！"我赶紧请教，"面和女儿有什么关系？"妈妈乐了："西乡话女儿读 liǎn，和脸的读音一样，你外公不会写'脸'，就写意思相近的'面'啰！那个'末'嘛，显然是'未'的错别字啊！"我不禁对我妈超强的翻译能力油然而生敬意。

将方言用书面形式表达出来，我外公也是才高八斗。咱们的方言主要有西乡和东乡两种，我外公住西乡，说的是西乡话。猪读成"只"，去读成"扣"，水读成"许"。但有的又不是直接翻译，中间还得转换一下。比如：晚饭先译成"夜饭"，再发音"yà 饭"，够复杂吧？如果你认为方言是"土"话，那就错了，人家文化底蕴

※ 信

深厚着呢！比如"偶尔""有时候"，本地人说"三不知的"，某日看古典名著《红楼梦》，居然看到了这句旌德方言——袭人便说："告诉不得你……一个个吃的把臊都丢了，三不知的又都唱起来……"你说，到底是曹雪芹听多了旌德话还是旌德人熟读了《红楼梦》？

言归正传。这堆来信中，我弟弟的最多，大学四年，每周一封。我拿起信封上画了三根鸡毛并写着"火速！加急！"的那封——笑容浮上面颊。他的字不算好，但很认真，并且是从头到尾的认真。那时候他刚刚十七岁，求学于千里之外，那么着急地要告诉我什么呢？我抽出信纸：姐姐，我们系队夺得了"新生杯"篮球赛的冠军，我拿到了入学的第二个荣誉证书。还举行了长跑比赛，跑到一半时我的肚子就开始疼，一路上都有停下来走几步的打算，但一直没有慢下来。当时很难受，不过现在已经想不起来了！名次第六十九名，还有奖金,五块钱！虽然很少,但我仍然很高兴,还发了一张澡票呢！我在学校吃得不错，经常晒被子，睡前洗脚，穿得也厚实。我每天五点多就起床啦！因为我是旗手！你每天几点起床？你在北京冷不冷？有没有冻手？请想念我啊！——原来火急火燎地是要汇报他的好消息啊！——还画了个箭头"看背面"——翻到背面：因为昨天没找到邮局，今天再给你写一段；接下来又是一段：今天还没找到邮局，再写……

　　还有我妈的信，我妈写得一手好字，行云流水，雄健洒脱，我随她。信上写着：昨天同时收到你和你弟的来信，非常高兴，一口气连看了几遍。字有明显进步，但有两处缺点：一是有错别字，都给你改过来了，随信寄给你订正一下；二是最后一页有点马虎，写信跟做事一样，不能虎头蛇尾——我妈是人民教师，从信上可以看出来。总结我妈的信，三个内容：一、家里一切都好；二、你们在外要照顾好自己；三、努力学习。我细细一想，所有的妈妈可能都是这样写信的。

※ 宝藏

　　信堆中有一封贴了三张邮票，中间那张横着，寄信地址我记得，这是个腼腆男孩子的来信，我们有多久没见了？印象中的他还是个学生呢！也不知道现在在哪儿？打开信件，只有一句话：你上次贴的邮票我看懂了，现在给你答复。——哦哦！我想起来了！那天接到信时我就懵了，因为我上一封信的邮票是无意识贴的，完全不记得，又不好意思问他，对他的这封信，还是女生的我并没有看明白，傻傻地翻来覆去找"答复"。我没有给他回信，不知道该如何回，然后，我再也没收到他的来信，也再也没有见过他。而现在，我竟然明白过来，他的答复就是贴邮票的方式，立刻上网搜索：贴三张邮票，中间那张横着表示：我喜欢你，但是又不敢向你倾诉。那个羞怯的第一次敞开心扉的男孩，单纯质朴的情感，在一天天盼信的期待与失望中随风飘散。而这份情感，直到我早已不是小女孩时才明白。

那时候晚自习的主要内容就是读信和回信，拿信是我们班长的权利，刚踏进教室就被催促着去看班级信箱。班长把一摞信件从传达室拿过来，宣布获奖名单般地一个个叫名字。女生表面上装作不在意，其实竖着耳朵，如果没有自己的，一晚上失落；男生毫不掩饰地一把抢过去扒拉寻找。信多的同学会得到一片起哄声，但他自己却是沾沾自喜。要是收到盖了三角邮戳的信件会引来更多的羡慕，说明你有当兵的朋友或哥哥啊！

我有个表兄，小小年纪故作老成状。每月一封来信，总是以"贤妹"相称，末了署名"愚兄"，细细算来，这位"愚兄"当年十四岁。当然还有好朋友的来信。阅读一行行或娟秀或俊逸的文字，似乎凝望一张张年轻纯净的脸。"我们班包了个旱冰场，我不会滑，摔了六跤，现在还疼，我们班男生真可恶，老害我……""告诉你，我学会打乒乓球了，

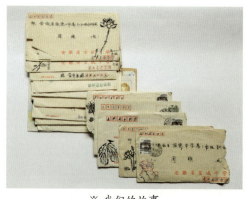

※ 我们的故事

打算寒假回家与你赛
一赛，你一定会乐意
吧？""我妈说家里
天天下雨，很冷，但
我还是希望快回家，
哪儿也及不了家呀，
你说呢？""真的好

※ 读

想见见你，你现在什么样子了？是不是又白了又胖了？"——那个
希望快回家的同学现在离家万里；那个想见我的同学现在十年见不
了一面；那个会打乒乓球的同学有多久没再握过球拍？

　　一个漂亮的信封上贴满画，却没有一个字。抽出信纸展开：对
不起，我太不应该了，我以为你会骂我，但你没有，你太好了，真的！
我心里特别难受，非常非常后悔，我们还能做好朋友吗？如果你原
谅我，请第一节晚自习课后到操场双杠那里去，行吗？——看来这
是我的一个同学，但没有署名，这是谁？发生了什么事？我有没有
去操场？有没有原谅他？答案我是再也找不到了！

　　还有一封慎重地写着"内详"，当然要看一看："……你是我
最好的朋友，我只告诉你一人，你千万千万要保密哦！这几天我一
直睡不好觉，总是想着这件事，我都要发疯啦！我要好好地向你倾

※ 闪亮的诗行

诉，不让它成为我一个人的秘密，这件事太重要了……等我回家当面告诉你！"我绞尽脑汁使劲想，到底是件什么重要的事？她到底有没有告诉我？实在想不起来！我的这个朋友，她当然没疯，我们现在还是好朋友。可这是一封要把我逼疯的信，到底什么事啊？问她也没用，我肯定她也忘记了，她的秘密真的成了秘密，原来保密最好的办法是遗忘。这些曾经觉得比天还大的重要的事，现在竟然忘得干干净净。是的，一生当中以为过不去的坎，以为解不了的结，以为放不下的人，以为抚不平的痛，再回首烟消云散。

一摞同样信封的书信仔细地用丝线系着，寄信地址：某某学校。那是我的初恋，我珍藏它们如同珍藏我纯洁的青春。他是个细心的男孩子，每封信必定郑重书写，字体相同，大小一致，墨水一律蓝色。我小心打开，心一下子变得很宁静。

"好想和你在草地上、山间追逐嬉闹，你跑得再快，我也赶得上，信不？""昨夜我说了梦话，寝室里的同学告诉我，他们听到一个人的名字，是你的……""在别人面前少有言语的我和你携手时总是有那么多的话要说……""今天雪停了，天晴了，路面上的积雪也融化了，邮车不会晚到的，真愿我的信能马上寄到你手中……""以前想念的时候，去操场打篮球便会忘记一切，可现在这法子也不管用了，寒假，你快到吧！"……

纯洁的感情，就像那个花样年华，满纸满纸的甜蜜和快乐，即使偶尔的思念与担心，也显得那么娇嗔。我计算过时间，他的信需要在路上颠簸两天，邮筒每天只开两次，即使配好时间，我们每周也只能有一个书信来回，虽然计算得很清楚，但从自己的信投进邮筒开始，就期盼回信。抚摸着纸上熟悉的笔迹，似乎触到男孩羞涩的手指，内心微漾。感谢书信年代，替我记得生命里有你存在过，替我记得快要忘记的温暖，替我记得曾经拥有的快乐，让我有机会再重温一次。

※ 青春是本仓促的书

"二十七号上午考最后一门，二十八号晚上才能到家，二十九号一早就去找你！等我喔！"透过泛黄的书信，透过斑驳的字迹，我看见那个阳光少年，穿过青藤纷披的瑞市桥、下东门桥，穿过路旁蹲着菜贩的街道，穿过胜利台，穿过铺着青石板的文明巷，急急赶来……奔跑的前方，我看见那个美丽女孩早已穿上最好看的衣服，眼睛晶亮，站在阳台上眺望……

　　匆匆远去的岁月里，我们相遇相伴，又渐行渐远；我们失去一些，又得到一些；我们不停地熟悉，又不断地淡忘。可是，我生命中曾经有过的你们啊！我爱的你们啊！无论你们在哪里，远方或者身边，无论你们记得还是遗忘，打开信件时，一个又一个仍会鲜活地跃然纸上，拉着我走进那段旧时光。似乎还是少女的自己，坐在明亮的教室里，讲台上板书的老师，追逐打闹的男生，写不完的作业，看班长从传达室抱来信件，竖耳听有没有自己的名字……留在信中的我们，都还是往昔年轻的模样。

　　突然很想写一封信，用印着图案的信纸，蓝色的墨水，邮票贴成我想表达的意思，然后步行到邮局寄出，如果无处投递，就寄给少女时的自己。

以最快的方式回家

中国最美的合福高铁通车了。正是山花烂漫的季节，动车在芬芳中穿越，满树满树粉啊白啊紫啊，急簌簌洒在车上，又被呼啸着带走了，飞舞在空中，渐行渐远——谁都想看看远方呢！

这可是一件大喜事！从盘古开天地直到 2015 年 6 月 28 日之前，漫长的岁月，家乡通往外界的只有古驿道和公路。小时候，我对有火车站的邻县羡慕不已，虽然那个站大部分停的是绿皮车。

※ 老照片：团省委第一次代表大会旌德团

"我们有高铁了！"全县人民都说过这句话，跟家人说，跟自己说，跟外地亲友说，反反复复地说。看着动车开过来，大家像过年一样，欢呼雀跃，我近距离地

※ 得到毛主席接见的旌德县红卫兵代表在天安门

仔细看它，像小时候看长着大眼睛的牛，又兴奋又紧张。估计这列动车和我的复杂心情一样，它从没来过这儿，新奇激动，睁着大眼睛，到处张望。这是条幸福的铁路，有时卧在田野，有时跨过大河，有时穿过隧道。沿途无数著名的风景点，一路走来，名山，古镇，茶园，花田，竹林，最后是大海。

从开始修建时，我就一直在观察：观察如蚂蚁般忙碌的工人来回奔跑；观察"旌德站"三个霓虹灯在青山间亮起；观察起重机将路面一点点连上——这真是很神奇，释疑了我多年来的困惑，高墩子上的路面，原以为搭很高的梯子爬上去一点点修，终于知道是将

※ 高铁架梁

做好的路面直接吊上去安装一下。看高铁其实也能长知识。

我长着选择性记忆的脑袋，痛苦与不快总是打包放在脑后，不点击，不打开，放久了就格式化或删除。但现在有了高铁，可以对比出更多的幸福感，所以读书时的不堪求学路从回收站里找出来，作参照物。

大学在合肥，到旌德只有一趟车，每次回家都得花一整天，天不亮动身，汽车到达芜湖码头，再乘汽车轮渡过长江。那个码头，留下了多少拥挤、等待和辛酸，几百辆汽车挤在江堤上排队，等大船过来一个个地载上摆渡过江。等几个小时是常见的事，遇上大雾，就排吧、等吧！汽车急不可耐地鸣叫，孩子哭闹，大人抱怨、骂天，真恨不得游过长江去！过得江，又一路坎坷、颠簸、尘灰，中途还得在某个路边店吃永远又凉又硬的午饭，再转无数崎岖山路，到家天也黑了。

　　某年寒假，同学们陆续各回各家，最后宿舍只剩我和另一女生，没有手机没有闹钟，怕误了唯一一趟车，整夜不敢合眼。寝室灯早熄了，只有窗外路灯照进一束微光。我们挤在上铺，又困又冷又怕，互相说话壮胆，不时将手表凑到微光下辨认指针，盼着时间快点过去快点过去！凌晨，空荡荡的校园，两个拖着行李的女孩，踏着积雪，等公交，乘大巴，还有永远排队的轮渡，回家的路那么艰难！

　　毕业后去了北京，春节回家之路简直是黎明前的黑暗，白色恐

※ 旌德站

※ 旌德高铁站

怖。有一年，千难万险在开车前两小时买到票，拉着箱子就往车站赶，人又多又挤，眼看时间来不及了，我心如火烧，急得满脸是泪，不知哪儿来的力气，把箱子扛在肩上左冲右窜，一路狂奔！之后数年里，我常在这样的梦中惊醒，可怕的噩梦啊，永远都不要重现！

我弟弟读大学时才十七岁，他回家的路更艰难。他在武汉读书，乘车到芜湖，第二天坐船到武汉，一路的风浪、颠簸自不必说，行程就得三天。大一寒假，船到芜湖时，回家车票春节前的全卖完了，弟弟竟一路走一路拦车，一段一段地把自己运了回来。那天下着大雪，全身湿透、疲惫不堪的弟弟连敲门的力气都没有了。

如果通火车该有多好！

纵然艰难险阻，比起古时徽商的出行来说，算不得什么。那时候的交通只有一个字：走，不是人走就是马走。旧时旌德有五条古道：旌泾、旌绩、旌宁、旌太以及穿越徽州府通往宁国府的徽宁驿道，均是翻山越岭。从古道出去，再走到下一个古道，山一程，水一程，

※ 庆祝通车

到浙江、到江苏、到福建……就像风把草籽带到他乡土地，来年便绿草成茵，徽商的足迹踏到哪里，哪里就繁荣起来。

徽州地少田薄，为了生计，那时的徽州男子年少便出门，或经商或考学，挣得了荣华富贵再衣锦还乡，归田养老。外公说，赶考的读书人，如果没考上就在当地住下等下次考试，不然的话，千山万水地回一趟家再过去，时间都在路上了。若考个五六次，半辈子也就没了！而徽州女人，大多新婚数日就送别远行的丈夫，之后便是漫长岁月的夜夜等待，等到丈夫回家，少妇直接晋升老妇，中间时光都孤独地耽搁在深宅大院里了。有的丈夫可能就在外娶妻生子、不再回来；还有的，归乡途中出了意外……所以，能等到就是幸运。还有多少女人，一等就是一辈子！倘若交通很发达的话，也许就不是这个样子，也许会改变一些人的命运。

如果有一条通到家门口的铁路……

如果有一条通到家门口的铁路，原以为只是我自己的愿望，后来才知道，庙首的吕佩芬早在清朝就着手实施了。

吕佩芬是光绪年间翰林院编修，历任多地乡试主考官和同考官、京城经济特科收掌官、二品衔侍讲等职。吕佩芬写得一手好书法，是翰林七贤之一。他的字最近还在拍卖，价甚高。

吕佩芬一生做了三件了不起的事：第一件在家乡庙首倡办正蒙初等小学堂，为本县五所最早的新学之一；第二件是出任永定河道员后，修坝建闸，在治理永定河水患方面作出了不小的成绩；第三件就是奏准设立"安徽省铁路公司"，倡修皖赣铁路。

徽州与铁路颇有渊源，"中国铁路之父"詹天佑就是徽州婺源人。1905 年，詹天佑主持修建完全由我国的工程技术人员设计施工的第一条铁路干线——京张铁路，也是在那一年，吕佩芬奏准设立"安徽省铁路公司"，倡修皖赣铁路。该路北起芜湖，经湾沚、宣城、宁国、旌德、歙县、屯溪、婺源到达江西景德镇。那时候修一条铁路，是多么了不起的事！窃以为他特意申报旌德为一个站，多少带点儿私心，就像人事业有成之后总想给家乡修个路啊桥啊、盖个学校什么的，修铁路当然更是功德无量。但修路哪里容易，这一修，就是一百一十年！

铺路就是铺钱，前期当然是募资，募捐、发股票、发债券、抵税……这些金融手段，一百年前的吕佩芬全用上了。各种募集，只筹来二百万两白银，没几年就用完了，仅完成芜湖至湾沚三十二千米的路基桥涵。这条刚起了个头的铁路，从此开始了命运多舛的人生——几易其主，且修且停，共五次上马。第一次因缺钱而搁浅；第二次遭遇世界大战；第三次勉强修通一小段；1936年第四次修建，铆足了劲，次年已开始铺轨，但因日军侵略，南京、宣城相继沦陷，即将建成的铁路被迫停工，为阻止日军利用铁路逼进中原，国民党政府命令当地驻军破坏路基桥涵、隧道，拆除铁轨，此后，粗具规

※ 恰同学少年

模的皖赣铁路只留下了一条残缺不全的路基。

这条铁路还有一个故事，民国时期修建搁浅时，精明的皖南商人成立长途汽车公司，利用铁路路基修筑公路经营客运，竟营业甚旺。真是"有心栽花花难开，无意种柳柳成荫"。此不提。

直到 1985 年，这条经历了战火，经历了朝代更替，经历了"文化大革命"的铁路正式开通运营，但绕开了旌德这个别致的小山城。这件事情，吕佩芬当然不知道。

从此，旌德人怀揣着梦想，背着行囊，坐着大巴在国道或省道颠簸着走向远方。直到 2015 年。

"我儿子已经六年没回家过春节了！"去年正月拜年时，乡下亲戚告诉我。和动车比起来，大巴只是一片树叶，能载几个人呢？即使春运加班使劲跑，也有大半人回不了家啊！但现在，我们有高铁了！这个被实现的梦想常常让我们笑出声来。高铁站成了一个景点，"坐高铁去"是我们的一个盛宴。

※ 通车首客

坐着动车回家，心跟着眼睛奔跑，在广袤的田野穿越，看冬天用白雪的毯子到处包裹，看麦浪在天际翻滚；在茂密的树林旁穿越，看春风呼唤青绿探出脑袋，看红的橙的褐的叶子秋风中鼓掌；在河流和城市的头顶穿越，看友善的车辆绕过放学的孩子，看溪水追赶着我们最终仍各奔东西。

夕阳渐落，金色抚摸远处村庄，炊烟盘桓，老牛闲步，每一处房子都是一个家，都有一个故事，都有一个等待和被等，而我的等待也在前方，所以，我要用最快的方式回家！

※岁月

后　记

我一直认为，是乡愁改变了我的 2016 年。

旌德县宣传部副部长刘四清把我推荐给了在徽州本土负责组织编写"乡愁徽州"丛书的毛新红教授，让我写旌德卷，把旌德卷写成一本为广大普通文化爱好者提供轻松休闲式的文化读物，为普通的市民和游客提供通俗易懂的文化读本。刘部长竭力推荐我，我一听吓一跳，自己才疏学浅的，又脑笨手懒，别耽误了毛教授的大事，赶紧摇头。刘部长说，他看过我写的文章，特别适合。毛教授用人不疑，立刻就通知我去开会。一进会场我汗颜了，全国作协会员，出书一摞的大神，徽文化专家……心里正想着推词，毛教授已经噼噼啪啪分任务了，并且一二三把我的后路堵上："艳子，你文章写得少，没有套路反倒容易写出新意，读者说不定更爱看！刘部长是我的学兄，他推荐的人准没错，我打心眼里看好你，我是会更多关

※ 旌德金秋

注你的哦！”我只好生生把推托的话给咽了下去。

没出过书的人真的对字数没概念啊！一本书八万字，每天两百多字就可以了，心里一合计，不难！

意气风发地回去了，摩拳擦掌准备大干一场。第一周憧憬着各种交付书稿的动人画面，心里盈满了激动；第二周开始想着从哪儿入手，竟发现无从下笔；第三周还是无从下笔；然后第四周、第五周……第二个月的日子过得飞快，这个月每天基本做同样的两件事：写和写不出。我开始紧张起来。开始后悔。

毛教授的电话终于来了，并且从此毛教授的电话总是不期而至。"标题定了吗？""大纲出来了吗？""写多少了？"

而我，还是写不出。

"艳子，明天开会，带上大纲和写好的文章。"

连夜赶大纲，再把曾经写的两篇打出来。第二天到会场一看，这回脊背都汗了。人家面前厚厚的一摞，我的十几张纸……

这会子还来得及，毛教授换人吧！

不料毛教授竟然说"看了旌德卷的大纲，标题就很吸引人，特意给出版社老师看了，也觉得挺好！"她就这样轻轻松松地让我找到了自信。

毛新红教授有着一双不被尘世浸染的纯洁的眼睛，和永远年轻

※ 旌德灵芝

的心，她说着对丛书的感悟，充满着情感，眼里闪烁着少女的浪漫。她说别人叫她"红姨"，我想毛教授其实更适合叫红姑娘。但她真的让我打开了思路。还有鼎鼎大名的潘小平老师，寥寥数语便令我醍醐灌顶。

但是灵感是稍纵即逝的，且看不见摸不着抓不住，本来想得好好的，感觉满脑锦绣文章，踌躇满志的，等你提笔又不知所踪了。这样浑浑噩噩了一阵子，毛教授竟没再打电话来，心中窃喜——是不是项目停了？

哪知第二天就来电催稿，下通牒：五月交稿，且配图！特别强调：旌德卷不可能拿掉！不可能换人！不可能延期！破釜沉舟，断了后路。这之后，便是隔三差五的催稿电话，每每铃声响起，心惊肉跳。

只好咬着牙一个字一个字地凑。

其实学生时代我是爱写文章的，后来做了律师，写着理性的法律文件，最初还忍不住有些感性的词句，好不容易改过来了，这回又要改回去了。理性与感性之间，要自如地切换并不太容易。第一篇写的是《当年你离家的路》，句子如冬天的石头，苍白冰凉，硬着头皮写完简直惨不忍睹。再写吕碧城，再写章铁匠，当章铁匠最后一段儿歌写完时，忽然感觉灵感回来了，儿时的种种一下子涌上心头，一口气有了好几篇的思路。

我曾在朋友圈里问："说到乡愁，你想到什么？"收到的回答是想到一张火车票、想到母亲、想到家乡的美食、想到过年、想到童年的伙伴……而我的乡愁，是回不来的岁月。耳畔还有逝去的笑声，指尖还有曾经的感觉，眼前还有过去的身影，但是它确确实实走远了。我在寻觅它的途中开始了一篇篇的写作。

我总是晚上在办公室开始动笔，先花半小时让感性的时差倒回来，然后沉浸在脑海里的那幅画里、那段时光中。不刻意去组织语言，随心随性，如果用一个词来形容我写的所谓文章，"涂鸦"极为合适。情生心间，笔若泉眼，一篇写完，常常东

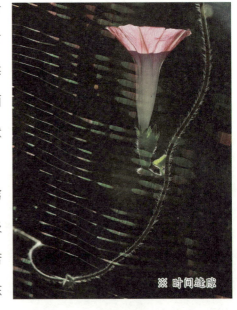

※ 时间缝隙

方微亮。走在回家的路上，心里满满都是感动，脸上漾着笑意，想向身边的每一棵树、每盏尚未熄灭的路灯、天边的每缕朝霞、掠过的每只小鸟问个好！

那段日子的每个白天，我都热切地等着夜晚来临，跟着笔下天真活泼的少女去看戏、去采野果子、去跳橡皮筋，将温暖的岁月再走一遍，那个有着美丽眼睛、白皙水嫩的姑娘，真的是我吗？

追根溯源，感谢毛教授，感谢潘老师，感谢刘部长，是他们让我度过了如此美妙的一年，让我在 2016 年，做了一件最重要的事。

从 2015 年 5 月起，我开始有机会与各位老师写友交流学习，有机会用笔尖重走一遍生活了数十年的家乡，有机会再次触摸心底的点点温暖。谢谢大家的帮助，谢谢好友方爱萍、朱红年提供素材，谢谢摄影老师拍美图，图片拍摄者为：江建兴、李艾君、汪清、方伟巍、司芸芸、伍红奎、周军汉、方略、倪建宁、周宏等。这些美图的拍摄老师，在深夜为文字精心配图的时候，有的还尚未谋面。

谢谢毛教授的那句话："艳子，你不能放弃这本书！"

2017 年 7 月 12 日